Christian Stolberg

Gedichte der Brüder Christian und Friedrich Leopold Grafen zu Stolberg

Christian Stolberg

Gedichte der Brüder Christian und Friedrich Leopold Grafen zu Stolberg

ISBN/EAN: 9783743374782

Hergestellt in Europa, USA, Kanada, Australien, Japan

Cover: Foto ©Andreas Hilbeck / pixelio.de

Manufactured and distributed by brebook publishing software (www.brebook.com)

Christian Stolberg

Gedichte der Brüder Christian und Friedrich Leopold Grafen zu Stolberg

Gedichte

der Brüder

Christian und Friedrich Leopold

Grafen zu Stolberg.

herausgegeben von

Heinrich Christian Boie.

mit Kupfern.

Ceu duo nubigenae quum vertice montis ab alto
Descendunt Centauri.　　*Virg. Aen. VII. 674.*

Leipzig,
in der Weygandschen Buchhandlung.
1779.

Inhalt.

* 2

Inhalt.

Inhalt.

Die Entfernung der Dichter und des Herausgebers von dem Druckorte werden einige Verschiedenheiten der Rechtschreibung, Unrichtigkeiten der Interpunktion, und andre kleine Fehler verzeihlich machen, von welchen die vornehmsten hier angezeigt werden.

Seite 23. Zeile 5. nach Weib muß das , weg. 29. 13 nach Frühlingsregen ein , 25. 6. Harmonieen. 37. 7. nach Auge ein . 45. 14. nach Wonne ein , 46. 3. nach Busches das , weg. 54. 5. nach Schlund ein ! 57. 6. nach schliessen ein ! 60. 11. nach nicht ein ! 65. 2. nach Stab ein ; 72. 2. nach mir ein . Z. 4 nach wahrlich ein ! 75. 2. nach mein ein ; 79. 2. nach hin ein ; Z. 10 nach Mitternacht ein ! 94. 12. nach Himmelslüfte ein , 99. 12. Pfaden. 103. 13. nach Wellen ein ; Z. 14 und S. 104 Z. 4. Felsenwälzenden. 108 14 erschalle. 120. 16. nach fielen ein ; 121. 11. Mägdlein. 122. 11. lieben. 124. 4 nach Felsenkluft ein . 128. 5. Seecs. 135. 11. bittrer. 140. 16. Harmonieen. 141. 9. Simois. 143. 16' nach Deutschlands ein , 151. 11. Melodieen. 156. 3. nach Weiber ein : Z. 12 nach scherzen ein , 166. 19. nach Schnee ein , 167. 6. nach Nerven ein . 168. 19. nach Silbergestäube ein ; 169. 12. nach nicht ein ; 173. 15. nach rollen ein , 180. 10. nach Stralenhand ein ; 187. 21. Nachtigallen. 190. 13. Nymphen. 218. 5. nach Jupiter ein . 231. 9. klopfendem. 232. 8. nach belebt ein ; 233. 7. nach Pfaff das , weg. 236. 14. Kocytus. 241. 13. nach Neste ein ; 243. 21. vocabat. 263 6. nach Augen ein . 265. 20. nach Seele ein ! 280. 13. nach Eilands ein .

Ausserdem ist oft wenn gedruckt, wo wann sein solte, und nach einem Ausrufungszeichen steht nicht allemal ein grosser Buchstab da, wo die Deklamation einen erfordert. Die lezten Zeilen jeder Strophe in den Oden S. 60 69. 128 und 135 sind auch, durch ein Versehen, nicht eingerückt.

──────────

Gedichte

der Brüder

Christian

und

Friedrich Leopold

Grafen zu Stolberg.

Der Irrwisch.

Spiele nur immer, gaukelnder Betrüger!
Spiele nur immer deine losen Tänze,
Flüchtiges Dunstkind, das des Wandrers
Füße
Brünstig heranlockt;

Spröde dann fliehet, endlich ins Verderben
Reizet! Ich kenne diese Mädchenränke,
Lernte sie all', aus deinen blauen Augen,
Flatternde Nais!

———————

Die Ruhe.

Ob siege Machmud, oder ob Nikolas *)
Den Popen höre;   ob sich der Bischof R—s
   Despotisch aufbläh, oder knechtisch
     Lecke die Ferse den Burboniden;

Ob dort ein schlauer junger Oktavius
Ein Volk bejoche, welchem noch Freiheit galt;
   Ob hier, nach spät gefundnen Rechten,
     Könige Habe des andern theilen;

Soll mich nicht kümmern.   Eine der Mensch=
                lichkeit
Geweinte Thräne floß, da der Korse jüngst
   Den edlen Nacken bog, als seine
     Schaaren ihm sandte der Vielgeliebte. **)

*) Rußlands Schutzheiliger.
**) Louis le bien-aimé.

Seitdem entsagt' ich aller Mitwissenschaft
Um ferne Schlachten und den erzwungenen
    Vertrag, der oft mit feuchtem Oelzweig
        Schlummernde Gluten verbarg, nicht
            löschte.

Komm, holde Ruhe, süsse Gespielin du
Der frohen Unschuld! Leite mit deiner Hand
    Den Jüngling, der sein ganzes Leben
        Dir und der lächelnden Weisheit heiligt;

Und frühen Weihrauch deinen Altären streut,
Den Hafen segnend, weil noch der Ozean
    Ihm lächelt, eh die schwarze Woge
        Prediget Rettung zugleich und Weisheit.

Dem späten Opfrer öfnet ihr Heiligthum
Die Ruhe selten; Schlummer und Ekel täuscht
    Den müden Weltmann, stets von neuen
        Wünschen und geisselnder Furcht gepeinigt.

In stille Thale wird sie mich leiten, wenn
Der Sturmwind raset, mir, wenn der Mittag
zürnt,
Am Schattenufer kühler Quellen,
Sitze bereiten im Duft der Rose.

In heitrer Mondnacht wird sie Gesänge mich
Voll Einfalt lehren, reich an Empfindungen,
Bis Philomel' aus schwanken Aesten
Lauschendes Schweigen umher verbreitet.

Des Baches Silber, welches vom sanften Hang
Des Hügels murmelnd zwischen Violen rinnt,
Gleicht dann mein Leben, eine Welle
Folget der andern, ein Tag dem andern.

Voll Freuden jeder! jeder dem düstern Pful
Zwar näher; aber sieh! es entströmt dem Pful
Ein hellerer Kristall, als jener,
Welcher die Blume der Wiese tränkte.

Der Harz.

Herzlich sey mir gegrüßt, werthes Cheruskaland!
Land des nervigen Arms und der gefürchteten
   Kühnheit, freieres Geistes,
     Denn das blache Gefild umher!

Dir gab Mutter Natur, aus der vergeudenden
Urne, männlichen Schmuck, Einfalt und Würde
         dir!
   Wolkenhöhnende Gipfel,
    Donnerhallende Ströme dir!

Im antwortenden Thal wallet die goldene
Flut des Segens, und strömt in den genügsamen
   Schooß des lächelnden Fleisses,
    Der nicht kärglich die Garben zählt.

Schaafe weiden die Trift;   auf der gewässerten
Aue brüllet der Stier, stampft das gesättigte
   Roß;   die bärtige Ziege
     Klimmt den zackigen Fels hinan.

Wie der schirmende Forst deinem erhabenen
Nacken schattet!   er nährt stolzes Geweihe dir!
   Dir den schnaubenden Keuler,
     Der entgegen der Wunde rennt!

Dein wohlthätiger Schooß, selten mit goldenem
Fluche schwanger, verleiht nützendes Eisen uns,
   Das den Acker durchschneidet
     Und das Erbe der Väter schützt.

Dir gibt reinere Luft, und die teutonische
Keuschheit, Jugend von Stal; moosigen Eichen
                gleich,
   Achten silberne Greise
     Nicht der eilenden Jahre Flug.

Dort im wehenden Hain wohnt die Begeisterung;
Felsen jauchzten zurück, wenn sich   der   Barden
                    Sang
   Unter bebenden Wipfeln
      Durch das hallende Thal ergoß.

Und dein Hermann vernahm's!   Sturm war
             sein Arm! sein Schwert
Wetterflamme! betäubt stürzten die trotzigen
   Römeradler, und Freiheit
      Stralte wieder im Lande Teuts!

Doch des Heldengeschlechts Enkel verhülleten
Hermanns Namen in Nacht, bis ihn   (auch er
                dein Sohn!)
   Klopstocks mächtige Harfe
      Sang der herchenden Ewigkeit.

Heil, Cheruskia, dir!   furchtbar und ewig steht,
Gleich dem Brocken, dein Ruhm!   Donnernd
             verkünden dich
   Freiheitsschlachten! und donnernd
      Dich unsterblicher Lieder Klang!

An Bürger.

Dir mich weihen? ich dir? stygische Furie,
Afterthemis, ich dir? die du mit Schlangenlist
Unser göttliches Recht, welches Natur uns gab,
Raubtest, und mit Tigers Klau?

Ha! wie schallts am Altar! Bosheit und Has
verfucht,
Aemfig spähend den Zwist, hämische Rachbegier,
Groll und gieriger Geiz, Vater des feilen Spruchs:
Ha, wie tobet die Höllenbrut!

Und dein Nattergezisch, schlaue Chikane, du
Misgeschöpfe des arglistigen Fremdlinges,
Ungenant von dem Volk, welches die Zunge spricht,
Die Thuiskon und Mana sprach!

Weß der ächzende Laut? — — Ach der be=
            kümmerten
Unschuld Seufzer! Sie naht weinend der Göttin
            sich,
Fleht Erbarmen; umsonst! Ihre verruchte Schaar
       Schreckt mit grimmigem Hohn sie weg!

O des goldenen Tags, da bei dem Volke Teuts
Noch Gerechtigkeit galt, noch, von der heiligen
Eiche Schauer umrauscht, sie in dem richtenden
       Kreis ehrwürdiger Väter saß!

Da vom albernen Wahn lauter der hellere
Geist, und lauter vom Schwall wirrender Sazun=
            gen,
Da noch Tugend, und du, Erbe Germaniens,
       Treue, lehrtet den Biederspruch!

Ach, entflohn ist, entflohn längst die Gerechtigkeit
Vom entarteten Stamm! Wenigen Lieblingen
Lächelt Weihe nur noch, segnend, vom nächtlichen
       Pol herab, die Geflohene.

Weihe lächelte sie, edler Cheruskasohn,
Dir, o Bürger, der du heiligen Druden gleich,
Richtertugenden übst, heiligen Barden gleich,
Braga's Kranz um die Locke schlingst.

An den Abendstern.

Ehmals winkteſt du mir, Führer des ſchweigen=
den
Abends, Freuden herab, kurz, wie ſie Sterblichen
Lächeln, farbigen Blaſen
Aehnlich, hauchender Weſte Spiel!

Zwar mir waren ſie werth! werth, wie dem
lechzenden
Waizenhalme der Thau! aber ſie ſchwanden
bald!
Selten blicket dein Auge
Nun, und trüber auf mich herab!

Hüllen Schleyer dich ein? oder entquellen dir
Thränen? Biſt du, wie ich, nagender Traurigkeit
. Raub? Ein Erbe des Jammers?
Deine ſtralende Brüder auch?

Ist das blaue Gewand leuchtender Sonnen voll,
Und mit Monden besä't, nur ein Gewebe von
  Elend? Tönen die Sphären
    Einer ewigen Klage Ton?

Oder bin ich allein elend?   Du schweigest mir!
Unerbittlich auch du! dennoch ein Retter einst,
  Wenn du bringest den Abend,
    Welchem folget kein Morgenroth!

Der Genius.

Den schwachen Flügel reizet der Aether nicht!
Im Felsenneste fühlt sich der Adler schon
Voll seiner Urkraft! hebt den Fittig,
Senkt sich, und hebt sich, und trinkt die
Sonne!

Du gabst, Natur, ihm Flug und den Sonnendurst!
Mir gabst du Feuer! Durst nach Unsterblichkeit!
Dies Toben in der Brust! Dies Staunen,
Welches durch jegliche Nerve zittert,

Wenn schon die Seelen werdender Lieder mir
Das Haupt umschweben, eh das nachahmende
Gewand der Sprache sie umfliesset,
Ohne den geistigen Flug zu hemmen!

Du gabst mir Schwingen hoher Begeisterung!
Gefühl des Wahren, Liebe des Schönen, du!
   Du lehrst mich neue Höhen finden,
      Welche das Auge der Kunst nicht spähet!

Von dir geleitet wird mir die Sternenbahn
Nicht hoch, und tief sein nicht der Oceanus!
   Die Mitternacht nicht dunkel! Blendend
      Nicht des vertrauten Olymps Umstra-
      lung!

———————

An Curt Freyherrn von Haugwitz.

Elegie.

Süsser duftet die Flur, und kühler hauchet der
Abend;
Nur ein welkendes Roth weilt am azurenen West.
Stille thauet herab, und Ruh', und sanfte Be=
geistrung
Auf den einsamen Pfad, welchen der Waller
betrit.
Hesperus schaut auf ihn mit freundlichen Blicken
hernieder,
Lispelt segnend ihm zu: Geh' in Frieden dahin!
Ich auch wander' umher, und such auf einsamen
Pfaden
Ruh' und lindernden Trost für mein sinkendes
Herz.

Ach vergebens! — O du der besten Jünglinge
Bester,
Den ich liebe, so sehr, als ich zu lieben ver-
mag;
Dem die milde Natur der Gaben schönste, die selten
Sie verleiht, ein Herz zarter Empfindung,
verlieh;
Den sie der Freundschaft schuf, der Lieb', und
stilleren Freuden;
Sanfte Melancholie, deine Feindinnen nicht!
Ach du windest dich los aus deines Freundes Um-
armung;
Scheidest zögernd von ihm — ach! auf ewig
vielleicht! — —
Also sind sie dahin, der Freundschaft heilige Jahre,
Deren jeglicher Tag fester und fester uns band?
Also sind sie verblüht, die Veilchen, welche mir
oftmal
Deine gefällige Hand streut' in den mühsamen
Weg?
Nein! sie sind nicht verblüht! In jeder heiteren
Stunde
Kehrt mir lächelnd zurück jede genossene Lust.

O dann sollen mich oft Phantome der Abend' umschweben,

Die, uns jeglichesmal täuschend, zu flüchtig entflohn!

Jezo wanderten wir, mit Frühlingsruhe gesegnet,

Arm geschlungen in Arm, blühende Thäler
hinab;

Lagerten jezo uns hin am moosigen Ufer des
Baches,

Und dem süßen Geschwäz horchte vertrau-
lich der Mond.

O, wie schmolz uns dann das Herz in sanfter
Empfindung!

O, wie schmeckten wir dich, himmlische Freundschaft, so süß!

Einstens pflückt' ich zwo junge Vergißmeinnicht,
und streute,

Wo am klärsten er floß, sie in den kräuselnden
Bach.

Eine riß er hinweg; die andere weilt' am Ufer!
Und du starrtest mich an; Thränen bewölkten
den Blick!

Ich verstand dich! Auch mich ergrif der bängste
Gedanke:

Ach! wenn einst das Geschick uns wie die
Blumen verstreut!

So schlich Wehmut oft in unsere Freuden; so
sprosset

In dem Myrtengebüsch' eine Zypresse mit
auf.

Oftmal standen wir still am schroffen Hange des
Felsen,

Müden Pilgern gleich, über die Stäbe gelehnt;
Und umhüllte mich dann der Nebel der schwarzen
Schwermut,

O so schüttet' ich, Freund, dir in das deine
mein Herz!

Seufzend hörtest du mich, und jede Sorge, die
theilend

Du mir nahmest, erhob meine beklommene
Brust!

Phantasie, wo gaukelst du hin? — O Bester,
nun leichter

Du nicht wieder die Last meiner beklommenen
Brust!

Ach nun fliehst du! Verweil! daß in der lezten
Umarmung
Eine Thräne nur noch misch' in die meinige sich.
Segen geleite dich, Freund! O sei der Liebling
des Glückes,
Jenes reineren Glücks, welches der Weise
nur kent;
Sei deß Liebling, wie du der menschenfreundlichen
Tugend
Und der Weisheit es bist! Segen geleite dich,
Freund!

Die Natur.

Er sey mein Freund nicht, welcher die göttliche
Natur nicht liebet! Engelgefühle sind
  Ihm nicht bekant! Er kan mit Inbrunst
    Freunde nicht, Kinder nicht, Weib, nicht
                          lieben!

Ihm bebte nie von trunkner Begeisterung
Die stumme Lippe! Schauer begegneten,
  In hoher Wallung, seiner Seele
    Nie mit der steigenden Morgensonne!

In deinen Wonnebecher, Allgütiger!
Entfielen niemal Thränen des Dankes ihm!
  Sein Erb' ist Taumel, oder Schlafsucht!
    Wehmut und Wonne des Weisen Erbe!

Er ist kein Sohn der Freiheit! das Vaterland
Ist Spreu dem Feigen! Sklave! Dich freite
nicht
Die Römerschlacht! zu meinen Füssen
Krümme dich, Raupe, daß dein ich spot=
te! —

Ich seiner spotten? — weh mir! o zürne nicht,
Du Vater Aller! Wirbel und Stol; ergrif
Den Mann von Staub, daß er des Staubes
Spottete, den er beweinen solte!

O sey gesegnet, Thräne der Reue, mir!
Des Mitleids Thräne, mehr noch gesegnet, du!
Nun werden, wie nach Frühlingsregen
Traulich die Blumen der Au mir lächeln!

Nur reinen Herzen duftet der Abendthau
Der bunten Lenzflur! Heilig nur ihnen sind
Der Eiche Schatten! Deine Segen,
Einsamkeit, können nur sie ertragen!

Woll'st oft, o sanfte Mutter der Weisheit, mich
Auf ernste Pfade leiten, im Mondenschein!
   Wo nur der Denker tiefe Wahrheit
      Schöpfet, und glühender Stirne wallet!

Dann werden oft sich ernste Betrachtungen
In Harmonien wandeln; Begeisterung
   Wird mich erfüllen, daß die Thale
      Hallen mein Lied, und die Felsengänge!

Wenn du mich fürder leitest, Natur, so soll
Mein Lied dir jauchzen, weil ich ein Jüngling bin!
   Es soll dich feiern, wenn mit Silber
      Kürzere Locke die Scheitel schmücket!

An meine sterbende Schwester
Sophie Magdalene.

Rosenknospe! so schön blühete keine noch
Von den Töchtern des Mais, welchen der Mor-
              genthau
In den duftenden Busen
        Schimmer träufelt und Lenzgeruch.

Und nun neigst du herab, Rose, dein lechzendes,
Ach, dein welkendes Haupt! — Wenige Son-
              nen nur
Und du blühest, o Schönste,
        Schöner wieder in Eden auf!

Labung thauen auf dich, kühlende Labung dann
Lebensbäume hinab; Lüfte der Sommernacht
        Weht die Palme des Sieges
        Dann entgegen der Dulderin!

Deiner Leiden entkeimt jedem ein blühender

Zweig zum Kranze des Lohns, der dich umflecht‛

ten soll!

Wie so heiter, o Beste?

Zeigt dein Engel den Kranz dir schon?

Weinend naht' ich, und sank sprachlos an deine

Brust,

Lächelnd küßtest du mich, aber nur bitterer

Floß die Wehmut, und nezte

Deine Wange, Geliebteste!

An meine Schwester

Sophie Magdalene

in ihrer Todeskrankheit.

Blutige Thränen hätt' ich dir geweinet,
  Ach! und Thränen der Seele, wenn mein
          Auge
    Starrte, gleich dem Grame, den nie des
            Trostes
      Kühlung umwehte;

Hätte nicht Hofnung lange mich gehoben,
  Würdest wieder genesen! Ach sie sinkt!
    Meine Seele sinkt mit ihr! o lächle,
      Erbin des Himmels,

Lächle mir Trost aus deiner Ruhen Fülle!
Trost mit Wehmut vermucht! denn deine
Freuden
Kan ich, noch im dämmernden Thale wal-
lend,
Schwach nur empfinden!

Höhere Pfade wallest du und schauest
Schon am festlichen Himmel Gold und Pur-
pur!
Freuest dich der nahenden Sonne! trinkest
Schon ihre Stralen!

An Lais.

Weil noch leicht, wie ein Nektartraum,
Dir das Leben verfliegt; weil noch der lächelnden
    Hebe Pinsel, in Lebenskraft

Eingetauchet, den Mund ähnlich dem Morgenroth,
    Rosenwallend die Wange malt;
Weil noch täglich dein Blick, hell, wie der Abend-
           stern,

- Aber treffend, wie Sirius,
Die hintaumelnde Schaar deiner Gefangnen
           mehrt;

    Darum trozest du, thörige
Lais, künftiger Zeit, welche die fliegenden
    Stunden bringen, Unkundige!
Wird dir ewig die Glut schmachtender Jünglinge,
    Dir die Blässe der Eifersucht

Ewig fröhnen? Auch dich werden die Grazien
    Einst verlassen! der siegenden
Künste jede! Dein Lenz schwindet auf neidender

Weste Fittig!   bald hauchen sie
Deine Blüthen herab!   dann wird die bulende
    Lais seufzen: ihr rosigen
Tage, kommet zurück!   aber die rosigen
    Tage flohen!   Verhülle dich,
Lais!   daß der Triumph deiner Gespielen dich,
    Die Moral der Matrone dich
Nicht verfolge! der Hohn deiner Entfesselten
    Dich nicht treffe! denn eisern war
Deine Herrschaft! dein Stolz freute der Thrä:
                    nen sich,
    Und der blassen Verzweifelung!
Nun sind Thränen der Schmuck dieser verwel:
                    kenden
    Wangen! Seufzer erheben nun
Ungeheissen die Brust!   jeden erlöschenden
    Schimmer deiner gefeierten
Augen rüstet die Wuth! Lais, verhülle dich!
    Dein ist Schande! Denn eisern war
Deine Herrschaft! Dein Stolz freute der Thrä:
                    nen sich
    Und der blassen Verzweifelung!

Frauen Lob.

Traun, der Mann ist Neides werth,
Dem sein Gott ein Weib bescheert,
Schön und klug und tugendreich,
Sonder Falsch, den Täublein gleich!

Seiner Wonne Maaß ist groß!
Seine Ruhe wechsellos!
Denn kein Kummer nagt den Mann,
Den solch Weiblein trösten kan!

Gleich des Mondes Silberblick,
Lächelt sie den Gram zurück;
Küßt des Mannes Thränen auf,
Streut mit Blumen seinen Lauf.

Wenn ihn jäher Mut empört,
Er nicht mehr des Freundes hört,
Wenn von Zorn die Brust ihm glüht,
Und sein Auge Feuer sprüht;

O! dann schleicht sie weinend nach;
Sänftigt ihn mit einem Ach!
Also kühlt der Abendthau
Die versengte Blumenau!

Keine Mühe wird ihm schwer!
Keine Stunde freudenleer!
Denn nach jeder Arbeit Last
Harret sein die süsse Rast!

Engel förd'rn ihre Ruh,
Drücken beider Augen zu!
Ihrer keuschen Ehe Band
Knüpfte Gottes Vaterhand!

Stolb.   C

Gott schenkt ihren Söhnen Mut,
Für die Tugend reges Blut!
Stähler ihren jungen Arm,
Macht ihr Herz für Freiheit warm!

Mit verschämten Reizen blühn
Ihres Bettes Töchter! glühn
Mit der Mutter Unschuld, rein
Wie ein Quell im Sonnenschein!

Drob erfreut der Vater sich,
Drob die Mutter inniglich;
Ihr vereintes Dankgebet
Preist den Geber früh und spät!

-

Gold hat keinen noch beglückt;
Falscher Ehre Lorbeer drückt;
Wer nach Würden hascht, greift Sand;
Wissenschaft ist oft ein Tand:

Aber Weiber giebt uns Gott!
Ohne sie ist Leben Tod!
Weiber leichtern jedes Joch!
Lieben uns im Himmel noch!

An meine Schwester Augusta Luise.

Beste, du klagst nicht: doch entschleicht, ich weis es,
Mancher sehnende Seufzer deinem Busen,
Trübt dein blaues schmachtendes Aug' ein
Schleier
Schweigender Wehmut.

Dir, die so zärtlich meine Seele liebet,
Dir, ach zürne nicht! schwieg ich seit dem bangen
Abschiedskusse! Sage mir, bestes Mädchen,
Sage, wie kont' ich?

Der Wegweiſer.

Freundlicher Greis, wie du den Weg mich lehre=
teſt,
Alſo leite dich Gott zu jenen Hütten,
Deren Weg der klügelnde Weiſe ſpät und
Selten erforſchet!

Einfalt und Liebe ſprach dein ſanftes Auge,
Einfalt führet auch dorthin! Bruderliebe
Sühnt des Schwachen Irrungen! ſei=
nen Fehlen
Donnert kein Richter!

An den Mond.

Schied dir ein Freund, o Mond? Du blickst
so traurig
Durch die hangenden Maien! oder trübt dir
Mitleid deine Wange, weil diese Thräne
Fliessen du sahest?

O so erhelle meines Haugwitz Pfade,
Der dich schmachtend beschaut! und flüstr'
ihm freundlich:
An der Leine Krümmungen weint dein
Stolberg
Thränen der Sehnsucht!

An die Weende bey Göttingen.

Quelle, du bist mir werther, denn des lauten,
Felsenstür,enden Stroms erzürnte Woge!
Deinem leisen Lispel entschlüpfen süße
Freuden der Seele!

Freuden der Seele fliehn der Welt Getöse,
Sind der Ruhe Gespielen! lieben deine
Blumenthale, lieben, wie du, die Kühle
Duftender Erlen!

Das eine Gröſte.

Ländliche Ruhe, Freundſchaft, Liebe kränzen
    Uns mit Blumen der Freude!   Freiheit gibt
                    uns
    Mannſinn!   aber   göttlich   zu leben iſt
                    das
        Einige Gröſte!

Selbstverleugnung.

Thränen der Sehnsucht trüben Daphnes Augen;
Ihren seufzenden Busen hebt die Treue!
Sturm und Woge fernen von ihren
Küssen,
Welchen sie liebet!

Wehende Weste, bringet ihn den Küssen
Seines Mädchens entgegen! Hofnungs-
loser
Liebe Schmerzen quälen mich dann; doch
bringt ihn,
Wehende Weste!

Die Blicke.
An Dora.

Röthliche, goldbesäumte Wolken hüllen
  Ihre Stralen nicht mehr! Sie komt, die
      Sonne!
  Blickt allgütig lächelnde Freud' und junges
      Leben hernieder!

Schimmernder blühn die thaubenezten Fluren;
  Jedes zitternde Blümchen athmet Freude,
  Stralt in Regenbogen die Sonnenblicke
     Lieblicher um sich.

Himmlischer aber lächelt mir das Auge,
  Ach! das Grazienauge meines Mädchens!
  Blicket mild ins Herz mir noch ungefühlte,
     Selige Freuden!

Wallendes Leben bebt durch jede Nerve,
  Klopft in jeglichem Pulse; frohe Schauer
    Strömen in die trunkene Seele namen-
        Loses Entzücken!

Aber ach! Wehmut blickt mir oft ihr blaues
  Auge! Wehmut und Trübsinn! dann entquellen
    Sehnsuchtsseufzer, thaut mir der Liebe
        Zähre
      Ueber die Wange!

Duftige Nebel locket so die Sonne
  Aus dem Blumengefild am Sommerabend;
    Trübe steigt der wolkige Schleier, träufelt
        Labende Kühlung. — —

Blicke mir, meine Dora, blicke Wehmut
  Mir ins liebende Herz! Auch sie gewähret
    Süsses namenloses Gefühl, der Liebe
        Traute Gesellin!

Bis du mir einstens (Ahndung lispelt's leise,
Ahndung, ach! die zur Hofnung noch nicht
reifte!)
Bis du Lieb' im schmachtenden Auge, Liebe,
Liebe mir lächelst!

———————

Der Abend.

An Johann Martin Miller.

Wenn der Abend den See röthet, sich han=
      gende
Buchen spiegeln im See, und das bewegte
      Schilf,
   Und der einsame Nachen
    Und das trinkende Wollenvieh;

Ruhe senket herab dann sich auf thauenden
    Lüften, kühlet den Wald, tränket die Blu=
      menau,
   Stimmt den singenden Landmann,
    Und der flötenden Nachtigall

Liebe weinendes Lied; Wonne der thränenden
    Wehmut Schwester, und du, süße Vergessen=
      heit
   Jedes rauschenden Taumels
    Ueberfliessen die Seele mir!

Wankend irr' ich umher unter den Düften der
Erle; jeglichen Busch, jeden Bewohner des
Busches, grüsset des frohen
Auges schwimmende Zärtlichkeit!

Auch das Blümchen, der Wurm, welcher das
Blümchen beugt,
Ist mir inniglich werth! Gab ihm mein Va-
ter doch
Seine goldenen Schimmer,
Düfte jenem und Farbenglanz.

Lieblich lächelt der Mond! lieblich der Abendstern!
Freund, sie lächelten uns weiland am Ufer der
Leine, uns in der Laube,
Uns im Thale beym Silberquell!

Miller! trübt sich dein Blick?   Miller, mein
rinnendes
Auge trübt sich in Nacht, welche kein freund-
licher
Mond mit Silber durchschimmert,
Kein sanftlächelnder Abendstern!

Lied eines deutschen Knaben.

Mein Arm wird stark und groß mein Mut,
Gieb, Vater, mir ein Schwert!
Verachte nicht mein junges Blut;
Ich bin der Väter werth!

Ich finde fürder keine Ruh
Im weichen Knabenstand!
Ich stürb', o Vater, stolz, wie du,
Den Tod fürs Vaterland!

Schon früh in meiner Kindheit war
Mein täglich Spiel der Krieg!
Im Bette träumt' ich nur Gefahr
Und Wunden nur und Sieg.

Mein Feldgeschrei erweckte mich
Aus mancher Türkenschlacht;
Noch jüngst ein Faustschlag, welchen ich
Dem Bassa zugedacht!

Da neulich unsrer Krieger Schaar
Auf dieser Strasse zog,
Und, wie ein Vogel, der Husar
Das Haus vorüberflog,

Da gaffte starr, und freute sich
Der Knaben froher Schwarm:
Ich aber, Vater, härmte mich;
Und prüfte meinen Arm!

Mein Arm ist stark und groß mein Mut!
Gieb, Vater, mir ein Schwert!
Verachte nicht mein junges Blut;
Ich bin der Väter werth!

Lied eines alten schwäbischen Ritters
an seinen Sohn,
aus dem zwölften Jahrhundert.

Sohn, da hast du meinen Speer;
Meinem Arm wird er zu schwer!
Nimm den Schild und dies Geschoß;
Tummle du forthin mein Roß!

Siehe, dies nun weiße Haar
Deckt der Helm schon funfzig Jahr;
Jedes Jahr hat eine Schlacht,
Schwert und Streitart stumpf gemacht!

Herzog Rudolf hat dies Schwert,
Axt und Kolbe mir verehrt,
Denn ich blieb dem Herzog hold
Und verschmähte Heinrichs Sold!

Stolb.   D

Für die Freiheit floß das Blut
Seiner Rechten! Rudolfs Mut
That mit seiner linken Hand
Noch dem Franken Widerstand!

Nimm die Wehr und wapne dich!
Kaiser Konrad rüstet sich!
Sohn, entlaste mich des Harms
Ob der Schwäche meines Arms!

Zücke nie umsonst dies Schwert
Für der Väter freyen Herd!
Sey behutsam auf der Wacht!
Sey ein Wetter in der Schlacht!

Immer sey zum Kampf bereit!
Suche stets den wärmsten Streit!
Schone deß, der wehrlos fleht!
Haue den, der widersteht!

Wenn dein Haufe wankend steht,
Ihm umsonst das Fähnlein weht,
Troße dann, ein sester Thurm,
Der vereinten Feinde Sturm!

Deine Brüder fraß das Schwert,
Sieben Knaben, Deutschlands werth!
Deine Mutter härmte sich
Stumm und starrend, und verblich.

Einsam bin ich nun und schwach;
Aber, Knabe, deine Schmach
Wär mir herber siebenmal,
Denn der sieben andern Fall.

Drum so scheue nicht den Tod,
Und vertraue deinem Gott!
So du kämpfest ritterlich,
Freut dein alter Vater sich!

An Röschen.

Trautes Röschen, sieh, wie hell
Unter Geißblatt dieser Quell
Durch Vergißmeinnichtchen fließet!
Reissender rauscht dort sein Fall,
Wo er mit des Donners Schall
Und des Thales Wiederhall
Ueber Felsen sich ergiesset!

Aber süsser ist er mir,
Mein herzliebstes Röschen, hier,
Denn er gleichet unserm Leben!
Seh' ich ihn so sanft und rein
Gleiten in des Mondes Schein,
Röschen, dann gedenk' ich dein,
Und der Freude Thränen beben!

Kain am Ufer des Meers.

Weh, o wehe mir! wohin
Treibt mich mein geschlagner Sinn?
Gottes Ströme brausen her
Abels Blut! es ist das Meer!

Bis zur Erde leztem Rand
Hat die Rache mich gebannt!
Wo kein Jammer noch geklagt,
Hat mich Abels Blut gejagt!

Wehe mir! des Bruders Blut
Donnert in der wilden Flut!
In des Felsenufers Schall!
In der Grotten Wiederhall!

Wie den Stein das Meer umfleußt,
So umstürmen meinen Geist
Seelenangst und Qual und Wuth,
Gottes Schrecken, Abels Blut!

Oefnet, Wogen, euren Schlund,
Denn der Muttererde Mund
Trank sein Blut, da ich ihn schlug,
Und vernahm des Rächers Fluch!

Oefnet, Wogen, euren Schlund
Und enthüllet euren Grund!
Ach umsonst! die Rache wacht
Auch im Schooß der alten Nacht!

In der tiefsten Tiefe Graun
Würd' ich Abels Schatten schaun,
Würd' ihn schauen, ob ich flöh
Auf des höchsten Berges Höh.

Würde dieses Leibes Staub
Aller Wirbelstürme Raub;
O so scheute Kain doch
Gottes Feuereifer noch!

Ohne Maaß und ohne Zahl
Wütet meiner Seele Qual,
Sonder Grenzen ferner Zeit,
Währet in die Ewigkeit.

Denn mich traf des Rächers Fluch,
Als ich meinen Bruder schlug,
Wehe! wehe! wehe mir!
Schrecken Gottes folgen mir!

An meine Geschwister.

Wir wollen unser Lebenlang
Uns süßen Freuden weihen!
Der Wiese Duft, der Waldgesang
Soll immer uns erfreuen!
Uns grünen Saaten, Trift und Hain,
Uns rauschen Wasserfälle,
Uns mahlt des Himmels Wiederschein
Roth, weiß und blau die Quelle.

Aus Blumenkelchen lächelt uns
Der süße Blick der Freude!
Wir sehen ihn, und freuen uns
Wie Lämmer auf der Weide!
Es danket unser frohe Blick
Dem Gott, der uns ins Leben
Gerufen, und so manches Glück
Aus Vaterhuld gegeben!

So wallen wir auf sanfter Bahn
Der Freude stets entgegen!
Uns lächelt mancher guter Mann,
Und giebt uns seinen Segen!
Auch ist der Freunde Zahl nicht klein,
Die gern sich an uns schliessen,
Wie selig ist's, ein Mensch zu seyn
Und Freundschaft zu geniessen!

O daß wir alle Hand in Hand
Durchs Leben könten gehen,
Und unser liebes Vaterland
Mit Thränen wiedersehen!
Und an dem Ziele noch zugleich
(So wolle Gott es lenken!)
Mit Ruhe, reifen Früchten gleich,
Das Haupt zur Erde senken!

An die Schwalbe.

Anakreons zwölfte Ode. Τίνι θέλεις ποιήσω.

Wie soll ich dich bestrafen,
Du plauderhafte Schwalbe?
Soll ich die leichten Schwingen
Dir kürzen? oder soll ich,
Wie Tereus that, die Zunge
Dir aus dem Schnabel reissen?
Aus meinen schönen Träumen,
Mit deiner frühen Stimme
Mein Mädchen mir zu rauben!

Anakreons vier und dreissigste Ode,

Μη με Φύγης, ὁρῶσα.

An mein Mädchen.

Ach flieh mich nicht, erblickend
Des Scheitels weisse Locken!
Und ach, weil dir die Blume
Der frischen Jugend blühet,
Verschmäh nicht meine Liebe!
Du siehst ja, wie in Kränzen,
Geflochten unter Rosen,
Die weissen Lilien prangen!

Mein Vaterland, an Klopstock.

Das Herz gebeut mir! siehe, schon schwebt,
Voll Vaterlandes, stolz' mein Gesang!
    Stürmender schwingen sich Adler
    Nicht, und Schwäne nicht tönender!

An fernem Ufer rauschet sein Flug!
Deß staunt der Belt und zürnet und hebt
    Donnernde, schäumende Wogen;
    Denn ich singe mein Vaterland!

Ich achte nicht der scheltenden Flut,
Der tiefen nicht, der thürmenden nicht,
    Mitten im kreisenden Strudel
    Sänge Stolberg sein Vaterland!

O Land der alten Treue! voll Muts
Sind deine Männer! sanft und gerecht!
   Rosig die Mädchen und sittsam!
   Blitze Gottes die Jünglinge!

In deinen Hütten sichert die Zucht
Den Bund der Ehe; rein ist das Bett
   Zärtlicher Gatten, und fruchtbar
   Ihre keuschen Umarmungen.

Vom Segen Gottes triefet dein Thal,
Und Freude reift am Rebengebirg;
   Singenden Schnittern entgegen
   Rauscht die wankende Halmensaat.

Kolumbia, du weintest, gehüllt
In Trauerschleyer, über den Fluch
   Welchen der lachende Mörder
   Oeden Fluren zum Erbe ließ;

Da sandte Deutschland Segen und Volk:
Der Schooß der Jammererde gebar,
   Staunte der schwellenden Aehren,
   Und der schaffenden Fremdlinge!

Nach fernem Golde dürstete nie
Der Deutsche; Sklaven fessel' er nicht!
   Immer der Schild des Verfolgten
   Und des Drängenden Untergang!

Ich bin ein Deutscher! (Stürzet herab
Der Freude Thränen, daß ich es bin!)
   Fühlte die erbliche Tugend
   In den Jahren des Kindes schon.

Von dir entfernet weih' ich mich dir,
Mit jedem Wunsche, heiliges Land!
   Grüße den südlichen Himmel
   Ost, und seufze der Heimat zu!

Auch greifet oft mein nerviger Arm
Zur linken Hüfte; manches Phantom
Blutiger Schlachten umflattert
Dann die Seele des Sehnenden.

Ich höre schon der Reisigen Huf,
Und Kriegsdrommete! sehe mich schon,
Liegend im blutigen Staube,
Rühmlich sterben für's Vaterland!

Romanze.

In der Väter Hallen ruhte
　　Ritter Rudolfs Heldenarm,
Rudolfs, den die Schlacht erfreute,
Rudolfs, welchen Frankreich scheute
　　Und der Sarazenen Schwarm.

Er, der lezte seines Stammes,
　　Weinte seiner Söhne Fall:
Zwischen Moosbewachsnen Mauern
Tönte seiner Klage Trauern
　　In der Zellen Wiederhall.

Agnes mit den goldnen Locken
  War des Greisen Trost und Stab,
Sanft wie Tauben, weiß wie Schwäne,
Küßte sie des Vaters Thräne
  Von den grauen Wimpern ab.

Ach! sie weinte selbst im Stillen,
  Wenn der Mond ins Fenster schien.
Albrecht mit der offnen Stirne
Brante für die edle Dirne,
  Und die Dirne liebte ihn!

Aber Horst, der hundert Krieger
  Unterhielt in eignem Sold,
Rühmte seines Stammes Ahnen,
Prangte mit erfochtnen Fahnen,
  Und der Vater war ihm hold.

Stolb.   E

Einst beim freien Mahle küßte
Albrecht ihre weiche Hand,
Ihre sanften Augen strebten
Ihn zu strafen, ach! da bebten
Thränen auf das Busenband.

Horst entbrannte, blickte seitwärts
Auf sein schweres Mordgewehr;
Auf des Ritters Wange glühte
Zorn und Liebe; Feuer sprühte
Aus den Augen wild umher.

Drohend warf er seinen Handschuh
In der Agnes keuschen Schooß;
„Albrecht nim! Zu dieser Sunde
Harr' ich dein im Mühlengrunde!„
Kaum gesagt, schon flog sein Roß.

Albrecht nahm das Fehdezeichen
　　Ruhig, und bestieg sein Roß;
Freute sich des Mädchens Zähre,
Die, der Lieb' und ihm zur Ehre,
　　Aus dem blauen Auge floß.

Röthlich schimmerte die Rüstung
　　In der Abendsonne Stral;
Von den Hufen ihrer Pferde
Tönte weit umher die Erde
　　Und die Hirsche flohn ins Thal.

Auf des Söllers Gitter lehnte
　　Die betäubte Agnes sich,
Sah die blanken Speere blinken,
Sah — den edlen Albrecht sinken,
　　Sank, wie Albrecht, und erblich.

Bang' von leiser Ahndung spornet
  Horst sein schaumbedecktes Pferd;
Höret nun des Hauses Jammer,
Eilet in des Fräuleins Kammer,
  Starrt und stürzt sich in sein Schwert.

Rudolf nahm die kalte Tochter
  In den väterlichen Arm,
Hielt sie so zwei lange Tage,
Thränenlos und ohne Klage,
  Und verschied im stummen Harm.

Die Träume.

Aus süssem Schlummer weckte mich heut
Des jungen Tages röthender Stral;
   Siehe, noch flatterten Träume
   Um die Scheitel des Wachenden.

Ich will euch täuschen! dacht' ich, und schloß
Die Augenlieder, streckte den Arm,
   Athmete tiefer und lauschte
   Ihren leisen Bewegungen.

Da schlich mir einer zwischen das Haar
Der halbgeschloßnen Wimper, und schnell
   Malte der lächelnde Bube
   Vor dem Auge Dorinde mir.

Ein andrer schlüpft' ins horchende Ohr,
So schlüpft die Schwalbenmutter ins Nest,
	Flüsterte süsse Gespräche
	Mit der Stimme Dorindens mir,

O weh! nun ward der Täuscher getäuscht,
Und träumte Liebetrunkner als je,
	Bis die Fantome verschwanden,
	Und die Thräne der Sehnsucht rann!

Elise von Mannsfeld.

Eine Ballade aus dem zehnten Jahrhundert.

„Wie viele sehnten sich nach die,
    Du kühle, stille Nacht!
Nun hast du ihnen Labung, Ruh
    Und sanften Schlaf gebracht.

Auch mir komst du erwünscht; izt kan
    Ich frei und einsam sein,
Durch manchen tiefen Seufzer nun
    Mir lindern meine Pein.

Ach Gott! was hab' ich denn gethan,
    Daß sie so grausam sind?
Mein Vater nante mich ja stets
    Sein liebes gutes Kind;

Und ihren besten Segen gab
   Die Mutter sterbend mir,
Der wird im Himmel einst erfüllt;
   Doch wahrlich nicht auch hier.

Daß dieser Segen sich nur nicht
   In Fluch verkehr für die,
Die so mich kränken! Gott verzeih'
   Es ihnen! Beßre sie!

Ach, alles trüg' ich mit Geduld,
   Wenn, Liebe, du nicht wärst,
Die du durch hofnungslose Qual
   Mein krankes Herz verzehrst!

Kan ichs nicht dulden, nun wolan
   So hab' ich Einen Trost:
Dann brichst du, armes Herz! Drum sei
   Bis daß du brichst, getrost,,—

So eben kehrt' ein Rittersmann
　　Von seinem Ritt zurück,
Und komt, geführt von seinem Pfad,
　　Hart an des Schlosses Brück.

Da dringt des Fräuleins Klageton
　　Ihm tief ins Herz hinein:
Er wähnt, um Hülfe fleh' sie ihn,
　　Und will ihr Retter seyn.

.

Voll Ungeduld und voll Begier
　　Umher sein Auge glüht,
Bis endlich hoch am Fenster er
　　Das Fräulein stehen sieht.

„Ach Fräulein! sprich, was jammerst du?
　　Vertraue mir dein Leid:
Dies Schwert, der Arm, dies Leben sei
　　Zu deinem Dienst geweiht."—

„Ach, edler Ritter, Schwert und Arm
   Ist nicht, was mir gebricht;
Nur Trost für mein beklomnes Herz:
   Und ach, den hast du nicht!„ —

„Entdecke mir dein kränkend Weh,
   Das wird dir Lindrung sein,
Und meine Mitleidsthräne wird
   Dir einen Trost verleihn.„ —

„Du guter Jüngling, höre denn:
   Ich eine Waise bin,
Und mit den lieben Eltern starb
   Mir Ruh und Freude hin;

Ein Ohm und eine Muhme jezt
   An Eltern Statt mir sind,
Die quälen mich, daß Gott erbarm!
   Und tödten schier ihr Kind.

Mein Vater war ein reicher Graf,
　　Nun ist das Erbe mein,
O wär' ich arm! dies schnöde Gut
　　Ist Ursach meiner Pein.

Mein Oheim dürstet Tag und Nacht
　　Nach meinem Hab' und Gut,
Drum sperrt in diesen Thurm mich ein
　　Des harten Mannes Wut.

Hier bleib' ich, droh't er, wo ich nicht
　　Erwähl' am dritten Tag,
Ob ich den Sohn zum Ehemann,
　　Ob ich ins Kloster mag.

Wie eilig wär' die Wahl geschehn,
　　Ich thät den Schleier an,
Ach, liebte nicht mein junges Herz
　　Den besten, schönsten Mann.

Jüngst beim Turniere sah' ich ihn,
　Ich sah' und liebt' ihn gleich,
Wie frei, wie edel und wie kühn!
　Nicht Einer war ihm gleich. „ —

„Sei, edles Fräulein, gutes Muts,
　Ins Kloster solt du nicht,
Noch minder solt du sein die Schnur
　Vom alten Bösewicht.

Ich kan's, ich will's, ich rette dich,
　Das ist mein fester Sinn,
Bring dich in deines Jünglings Arm,
　So wahr ich Stolberg bin. „ —

„Du? Stolberg? o mein Leid ist hin!
　Mein Engel führte dich;
Du bist mein trauter Jüngling, du!
　Nach dem ich sehnte mich.

Jezt sag' ich frei und offen dir,
    Was schon mein Blick gestand,
Als ich um deine Lanze jüngst
    Den Eichenkranz dir wand. „ —

„O Gott! du? mein geliebtes Kind,
    Elise Mannsfeld? O!
Dich liebt' auch ich beim ersten Blick;
    Noch keiner liebte so.!

An meiner Lanze sieh den Kranz,
    Den sie nun ewig trägt.
Ach, köntest du dein Bild auch sehn,
    So tief hier eingeprägt!

Jedoch was säumen wir? ich bring
    Dich heim vor Sonnenschein,
Und unsrer keuschen Liebe soll
    Nichts mehr im Wege sein. „ —

„Von ganzer Seele lieb' ich dich
    O Jüngling! aber doch
Sträubt sich mein jungfräulich Gefühl
    Beim raschen Vorsaz noch.

Du kennst die arge Welt; du weist
    Wie im Triumphe sie
Mir Stand, und Ehr', und Tugend nimt,
    Wenn ich mit dir entflieh."—

„O Mädchen, was ist uns die Welt?
    Laß immerhin sie schrein;
Dein Beifall nur, mein Beifall nur
    Soll unser Richter sein!

Und keiner deines Stammes soll
    Vernehmen deine That,
Bis uns des Priesters Segenshand
    Zur Eh' geweihet hat.

Auch führ' als Gattin ich dich erst
  In meine Burg hinein;
Nun geht's zu meiner Schwester hin,
  Da soll die Trauung sein.

Wie wird mein liebes Gustchen sich
  Der lieben Schwester freu'n,
Wie wird des lieben Bruders Glück
  Ihr eigne Wonne sein!

Elise, laß uns eilen; kom,
  Gleich ist es Mitternacht,
Der Mond, der jezt so hell uns scheint,
  Hat bald den Lauf vollbracht. „ —

Nun schlich das Fräulein leisen Tritts
  Hinab den Windelsteig,
Bis unten sie zum Fenster kam,
  Da ward sie todtenbleich;

Doch schnell ergreift sie wieder Herz
  Und öfnet es behend,
Und wagt's und springt dem Ritter zu,
  Der ihr entgegenrent.

Sein Mädchen drückt' er sprachlos jezt
  Fest an sein klopfend Herz,
Für ungefühlter reiner Lust
  Vergaß sie allen Schmerz.

Dann hob er freudig sie auf's Roß,
  Und vor ihr sezt' er sich,
Sie schlang die weissen Arm um ihn;
  Fort ging's nun ritterlich.

Vom Roß und freudigem Gebell
  Des treuen Greifs erweckt,
Lief schnell die Zof' ans Fenster hin,
  Ihr Fräulein sie erblickt.

Sie tobt mit wildem Angstgeschrei
        Klagt allen ihre Noth;
Der Alte schäumt, und flucht und schwört
        Der Nichte Schmach und Tod.

Er fodert seine Sassen auf,
        Und eh' der Tag begann,
Verliessen rüstig sie das Schloß;
        Er führte selbst sie an.

Indessen war das Ritterpaar
        Durch Anger, Wiese, Feld,
Weit über Berg und Thal und Forst;
        Vom günst'gen Mond erhellt.

Mit lautem Schaumgetöse stürzt
        Die Bude vor sie hin:
„Es geht, mein Kind, erzittre nicht!
        Des Stroms ich kundig bin." —

Stolb.   F

Der Rappe stuzt und hebt den Fuß
    Und prüft den Fluß gemach,
Drauf strebt er wiehernd durch, als wär's
    Nur ein Forellenbach.

Nun kommen sie zum Schloß gesprengt,
    In Himmelswonn' entzückt:
Beschreib's, wer eine Freude je
    Wie diess war, erblickt.

Nun saßen sie beim frohen Mahl,
    Der Becher gieng umher;
Ein Knappe kam: „Auf, edler Graf,
    Der Mannsfeld rücket her!„ —

Und Graf und Schwester jammerten,
    Zerrauften sich das Haar;
Indeß der Graf zu Pferde schon
    In rollem Harnisch war.

Dem Zug' er schnell entgegen kam,
  Und rief dem Mannsfeld laut:
„Umsonst ist deine Müh; sie ist
  Als Weib mir angetraut!

Und bin ich nicht aus edlem Stamm,
  Deß Ruhm erschallet weit,
Der Fürsten unserm Volke gab
  Schon zu der Heiden Zeit. „ *) —

Mit eingelegter Lanze sprengt
  Der Alte gegen ihn,
Sein Haufe folgt;   erwartend bleibt
  Der Ritter kalt und kühn.

*) Das Geschlecht der Stolberge gehörte unter die 12
    Edlen Häuser der Vierfürsten des sächsischen Reichs,
    aus welchen zu Kriegszeiten Herzöge und Könige er-
    wählt wurden, ehe Karl der Große Sachsen er-
    oberte.

Und zieht sein Schwert: Als Mannsfeld naht,
   Verhaut er ihm den Stoß
Und haut, und haut den Schedel durch,
   Daß er zur Erden schoß.

Die Reisigen zerstreuen sich,
   Und Stolberg eilt nach Haus,
Und ruht die lange süsse Nacht
   In Lieschens Armen aus.

Lied eines deutschen Soldaten in der Fremde.

Ans ferne Ufer hingebannt
   Thut mir's von Herzen weh,
Daß ich mein liebes Vaterland
   Nicht mehr mit Augen seh.

Ich sehne täglich mich zurück,
   Das läßt mir keine Ruh;
Ich werfe manchen nassen Blick
   Dem wilden Meere zu.

Das war zuvor nicht meine Art,
   Izt wein' ich, wie ein Kind,
Daß oft am schwarzen Knebelbart
   Die helle Thräne rint.

O wehe dem, der mich mit Trug
 In dieses Land gebracht;
Mein Leid verwandle sich in Fluch,
 Und quäl ihn Tag und Nacht!

Er trank mir zu auf Josephs Wohl
 In altem Rheinschen Wein,
Goß bis zum Rand die Gläser voll
 Und schenkte weidlich ein,

Bis daß ich taumelte; da las
 Der Bube Formeln her;
Ich sang den Schwur beim vollen Glas,
 Und trank und bat um mehr.

Da gab er mir sein schnödes Gold,
 Und zahlte meine Zech.
Nun war ich in des Königs Sold,
 Und muste mit ihm weg.

Die lieben Eltern kümmern mich;
  Der Vater härmt sich ab,
Die Mutter weinet bitterlich
  Und wünschet sich ins Grab.

Und du, mein süßes Hanchen, weinst
  Die blauen Augen roth;
Sie trösten dich, du aber meinst
  Dein Nikolas sey todt.

All was du siehst, das mahnet dich
  An deinen Nikolas:
Die Linde, unter welcher ich
  Mit dir im Schatten saß,

Der Weinstock, welchen meine Hand
  Für Hanchen auferzog,
Und früh die zarten Reben band,
  Und dir zur Laube bog.

Dort warfst du mir mit loser Hand
  Die Beeren in den Mund;
Dort war es, wo wir Hand in Hand
  Geschwuren unsern Bund.

Wie war den Abend uns so wohl!
  Ich führte dich nach Haus;
So manche stille Thräne quoll
  Auf deinen Blumenstrauß.

So freundlich lachte Wald und Thal
  In meinem Leben nicht!
Der Abendsonne rother Stral
  Erhellte dein Gesicht!

Wie Turteltäubchen liebten wir,
  Und theilten Freud' und Noth;
Wir sagten oft: uns würde hier
  Nichts trennen als der Tod.

Nun seufz' ich spat und seufze früh:
    Erbarm dich, lieber Gott!
Und rette mich, und rette sie,
    Durch einen sanften Tod!

Stimme der Liebe.

Meine Selinde! denn mit Engelstimme
   Singt die Liebe mir zu: sie wird die Deine!
     Wird die Meine! Himmel und Erde
              schwinden!
   Meine Selinde!

Thränen der Sehnsucht, die auf blassen Wangen
   Bebten, fallen herab als Freudenthränen!
     Denn mir tönt die himlische Stimme:
              deine
   Wird sie! die Deine!

Lieben und Liebeln.

So manche Blondine, so manche Brünette,
Weis noch nicht, ich wette,
  Was lieben sei,
  Was liebeln sei,
Oder hält beides für einerlei;
  Und gleichwol ist der Unterschied,
  Wenn man das Ding bei Licht besieht,
So groß, wie zwischen der chansonnette,
  Und dem herzlichen deutschen Lied!

An die Unbekante.

An's Mägdlein sei dies Lied gericht't,
Die mich nicht kent, und ich sie nicht,
    Nicht weis, in welchem Land sie lebt,
    Da doch mein Geist sie stets umschwebt.

Wenn ich aus dem Getümmel bin,
Erfüllt sie immer meinen Sinn;
    Und wenn ich irre über Land,
    Geht sie mit mir an meiner Hand.

Wenns wohl mir wird in Wies' und Wald;
Der Mond durch lichte Wolken wallt,
    Erhöht den seligen Genuß
    Mein Mädchen mir durch manchen Kuß.

Oftmal, mir selber unbekant,
Drückt meine Hand dann ihre Hand;
   Ich fühl's, und seufze, daß ihr Bild
   Den heissen Wunsch so schwach erfüllt.

So sehnlich sucht' ich, und so lang'!
Nun wird's im Herzen trüb und bang,
   Daß ich das liebe gute Kind,
   Das für mich da ist, nimmer find.

Wenn, Beste, du dies Liedchen siehst,
Und dir vom Aug' ein Thränlein fließt,
   Und seufzest leis: der gute Mann,
   Wie ich ihm nachempfinden kan!

So glaub, daß du mein Mädchen bist,
Das nur für mich geboren ist,
   Und liebe mich, und sag es mir,
   So eil ich, Beste, froh zu Dir!

Die Begeisterung.

An Voß.

Sie ist da! die Begeistrung, da!
Heil mir, und reden kan die trunkne Lippe!

Von schneeigen Alpen
Schwebt, auf der Abendröthe Flügel, sie zu mir
herab,
Weilet nicht, fleugt auf,
Athmet, ihr blendendes Gewand
Gegürtet mit Regenbogen,
Umwunden ihr Haar mit gestirntem Diadem,
Athmet freiere Lüfte,
Himmelslüfte
Zeucht mich ihr nach,
Tränket mit Thau des näheren Himmels mich!

Heil mir, daß ich kenne
Die Stralende!
Heil mir, daß sie würdiget
Ihres Fluges mich!

Göttin, so du mich führst,
Flieget, nichtiges Gestäub,
Unter dem Flügelschlag meiner Phantasei,
Sonne dahin und Stern! Milchstrasse dahin!

Heil mir, daß ich kenne
Die Flammende!
Daß kühn ihr   folget der Flügelschlag   meiner
Phantasei
Durch die Nacht durch und der Erde Bauch!

So die Göttin gebeut,
Oefnet ihr sich der schwarze Schooß
Ewiger Finsterniß;
Es   umrauschet ihre   Glieder das Gewand der
Nacht!

Flammenathmend erhellst du Abgründe vor mir
her;

Deine wehende Fackel zeiget und gebeut mir Flug!
Ha! wie den Fremdling staunet an
Der Unterirdischen schüchternes Geschlecht!
So staunet an der Maulwurf das gezeigte Licht,
So staunet an der Pöbel,
Pöbel in Purpur und gehüllt in Schulstaub,
Den Erdehöhnenden Gesang
Der Begeistrung, und des Dichters, den nur sie
gebar!

Daphne am Bach.

Ich hab ein Bächlein funden
    Vom Städtchen ziemlich weit,
Da bin ich manche Stunden
    In stiller Einsamkeit.
Ich thät mir gleich erkiesen,
    Ein Pläzchen kühles Moos;
Da siz' ich, und da fliessen
    Mir Thränen in den Schooß.

Für dich, für dich nur wallet
    Mein jugendliches Blut;
Doch, leise nur erschallet
    Dein Nam' an dieser Flut.
Ich fürchte, daß mich täusche
    Ein Lauscher aus der Stadt;
Es schreckt mich das Geräusche
    Von jedem Pappelblatt.

Stolb.   G

Ich wünsche mir zurücke
   Den flüchtigsten Genuß;
In jedem Augenblicke
   Fühl ich den Abschiedskuß.
Es ward mir wohl und bange,
   Als mich dein Arm umschloß,
Als noch auf meine Wange
   Dein leztes Thränchen floß!

Von meinem Blumenhügel
   Sah ich dir lange nach;
Ich wünschte mir die Flügel
   Der Täubchen auf dem Dach;
Nun glaub' ich zu vergehen
   Mit jedem Augenblick.
Willst du dein Liebchen sehen,
   So komme bald zurück!

Freimäurerlied

bei der Aufnahme eines neuen Bruders.

Wackre Brüder, stimmet an,
Auf! begrüßt den braven Mann,
Der in unsern freien Orden
Eben aufgenommen worden;
Der nicht weiß, wie ihm geschah,
Ob der Wunder, die er sah!

Lieber Bruder, freue dich!
Wir auch freun uns inniglich.
So du als ein Maurer handelst,
Auf der Weisheit Pfade wandelst,
Hüllet mit der Zeiten Lauf
Neue Wahrheit dir sich auf!

Senke, Bruder, nicht den Blick
In die Finsterniß zurück;
Forsche tiefer in die Wahrheit;
Von der Dämrung geh zur Klarheit;
Wandle sicher; strauchle nicht,
Bis du fleugst, von Licht zu Licht!

Sei getrost und achte nicht,
Was der Thor und Heuchler spricht;
Sie, die uns im Finstern richten,
Lügen an die Wahrheit dichten,
Was gehn einen braven Mann
Alle Splitterrichter an?

Merke, was die Weisheit spricht:
„Thue recht, und zittre nicht!„
Ob ihm tausend Feinde dräuen,
Wird der Redliche nichts scheuen,
Weichet weder links noch rechts,
Fühlt sich göttlichen Geschlechts.

Bruder, gieb uns deine Hand,
Unsrer Freundschaft Unterpfand!
Unser Bündniß zu erneuen
Soll sich unser Bruder freuen,
Maurer, schenkt die Gläser voll!
Trinkt auf unsers Bruders Wohl!

———————

Freiheitsgesang

aus dem zwanzigsten Jahrhundert.

Sonne, du säumst!
Sonne, du säumst!
Weilen dich kühlende
Wogen des Meeres?
Sonne, du säumst!

Kom herauf zu uns! Es harret
Dein ein freies Volk!
Wende deine Feuerblicke
Von den Sklavenvölkern ab!
Kom herauf zu uns! Es harret
Dein ein freies Volk!

Siehe sie kömt!

Siehe sie kömt!

Sie vergüldet die Berge,

Sie röthet den Hain,

Und silbern rauschet der Strom in das finstre
Thal!

Wir sahen dich einst,

Rauschender Strom,

Mitten im fliegenden Laufe gehemt!

Bebend und bleich,

Wehend das Haar,

Stürzte der Tirannen Flucht

Sich in deine wilden Wellen,

In die Felsenwälzende Wellen

Stürzten sich die Freien nach;

Sanfter wallten deine Wellen!

Der Tirannen Rosse Blut,

Der Tirannen Knechte Blut,

Der Tirannen Blut!

Der Tirannen Blut!

Der Tirannen Blut,

Färbte deine blauen Wellen,
Deine Felsenwälzende Wellen!

Das Schilfblat trof
Und die Weide von der Erschlagnen Blut!
Um den krausen Dornstrauch wickelte sich das
Gewand
Der Todten, wirrte sich in ihm der Todten Haar!

An dem Hange des Felsen lag
Der Völkerdränger Karl mit starrendem Arm;
Neben ihm schimmerte, zersplittert, sein Schwert,
Und über ihm wälzte sich schwer sein verwunde=
tes Roß!

Es erstickte der Lästerung Wort, und des
Befehls,
In der bangen Brust;
Halbverlöschend, noch wild, drehte sich sein Aug'
und bat
Jedes zückende Schwert, jeden gehobnen Arm
um den Tod!

Aber versagt ward ihm des Schwerts und der
                              Tod des Arms!
Der Söhne Deutschlands erbarmte nicht einer
                              sich sein!
Zeichnete seine Stirne nicht Gottes Fluch?
Schwebte nicht, wie über das Aas der Ad-
                              ler schwebt,
Schwebte nicht so, sichtbar, über ihm die Ra-
                              che des Herrn?

Drei Tage lag er blutig, und drei Nächte so,
Umflattert von der Raben Heer!
Die Zuckungen seiner Qualen scheuchten der Ra-
                              ben Heer;
Noch lebend ward er endlich nächtlicher Wölfe
                              Raub!

Es fiel, ach! es fiel,
Heinrich fiel,
Jüngling und Held!
Es weinte die Mutter,
Weinten die Schwestern;

Im Grame starb sein junges Weib!
Ach, in ihrem keuschen Schoosse
Starb mit ihr ein Heldenkind!
Oede trauren um die Sprosse
Seines edlen Heldenstammes
Remlings anmutsvolle Thale
Und das alternde Kastell! *)

Nicht einer entrann
Von der Sklaven Heer!
Wie der Sturm mit herbstlichem Laube
Quellen des Thales bedeckt,
So bedeckte lang und breit den Strom
Des Sklavenheeres Leichnam!

Die Heerde floh
Und dürstend das Roß vom blutigen Strom.
Kein Sohn des Waldes nahte sich ihm;
Nur der Rabe trank und der Adler und der Wolf!

Auf Bergen erscholl der Sieger Gesang,
Und rollte freudige Donner ins Thal,

*) Die Mutter des Dichters war eine Gräfin zu Castell-Remlingen.

Gesänge der Jungfrauen tönten darein:
So flöten Nachtigallen
Beim Felsenquell.

Hoch schwingt, tief schwingt, wild sich umher
Der Adler des Gesangs!
In Blutgefilden weilen Geier unter ihm, denn
wir siegten oft.
Er eilet, er eilet, er schwebt
Ueber der lezten Schlacht mit steifem Fittig!

Es glühte der Mittag; es rann
Heldenschweiß auf zertretnes Gras;
Kühlung des Waldes umwehete nur den Feind.
Drei Stunden wankte zwischen uns und ih-
nen der Sieg,
Wie röthlich die Saat wankt auf Hügeln hin
und her.
Da brachen hervor neue Schaaren aus des
Waldes Höh,
Mit Waffengetös und lautem Geschrei!
Langsam, wie des Ozeanes Ebbe,
Wich der Freien linkes Heer!

Da sprengten hervor,
Auf schäumenden Rossen,
Wie zückende Blize,
Zween Jünglinge, Stolberg ihr Name, Reisige
hinter ihnen her!

Wie der Rhein von jähen Felsen herab
Seine Donner stürzet und ewigen Schaum,
Mit des Adlers Eile, des Meeres Schall,
So die Heldenschaar auf den staunenden Feind!

Stolberg fochten und sanken dahin
Den schönen Tod,
Den blutigen Tod,
Den Freiheitstod!
Keine feige Klag' erschall
Bei der Helden frühem Fall!
Einer ihrer Väter wünschte
Mit der heissen Jünglingsthräne
Sich schönen, blutigen Freiheitstod!
Zitternd flossen ins Silbergewebe
Der Harfe die Thränen der Sehnsucht
hinab!

Siehe, da sah er,
In heiliger Stunde,
Jenseit Jahrhunderten,
Schlachten der Freiheit!
Sah die Heldenenkel fallen;
O wie schlug sein Herz für Wonne!
Seine heiße Thräne stürzte
In der Harfe Silbersturm!

Die Sonne war gesunken; der Abend
Kühlte mit röthenden Flügeln
   Den alten Rhein;
Noch donnerte laut, noch blizte die Schlacht!
   Von Zinnen des Himmels
Schauten, durch purpurne Wolken,
   Hermann freudig, und Tell,
Luther und Klopstock freudig herab auf un=
           ser Heer!
   Athmeten uns zu
   Festen Entschluß,
Stärke der Götter und deutschen Mut!

   Die Feinde sahn auf
   Mit lechzenden Blicken

Zur säumenden Dämrung:
Die Dämmerung kam;
Sie wankten, sie wichen,
Sie gossen sich aus über's Gefild in zerstreu-
ter Flucht!
Wir gossen uns nach
Mit triefendem Schwert!
Sie hosten, es würde sie hüllen
Im faltigen Mantel
Die schwarze Nacht;
Siehe da gieng ihnen auf übers Tannengebirg
Der zürnende Mond
Blutig und voll!

Verderbende Nacht!
Heilig und hehr
Dem freien Volke!
Mehr jedem Deutschen, denn die Stunde der
Geburt!
Heilig und hehr,
Wie in den Armen der erröteten Braut die
süsse Nacht!

Auf Bergen erscholl der Siegergesang!
Der Helden Gesang, der Freien Gesang!
Und rollte freudige Donner ins Thal!
Gesänge der Jungfrauen tönten darein:
 So rauschen Wasserfälle
Zum Donner des Meeres am Felsengestad!

 Du bist frei! du bist frei!
  Deutschland, frei!
Stolz stehest du da unter den Nationen um
  dich her!
Wie der Brocken stolz, wenn der Morgenrö-
  the Licht
Seine Scheitel röthet, noch finster unter ihm
Liegen die Thale, und nur dämmern die Gipfel
  um ihn her!

Willkommen, Jahrhundert der Freiheit!
Grosses Jahrhundert, willkommen!
Du schönste Tochter der spätgebärenden Zeit!
Sie gebar dich mit Schmerzen, und sprang
  staunend auf,
Da geboren war das mächtige Kind!

Zitternd nahm sie dich in den mütterlichen Arm;
Freudige Schauer rauschten ihre Glieder hinab
     auf ihr Gewand;
  Feierlich küßte sie deine Stirn,
Und Prophezeiung entquoll ihren Lippen, wie
    ein Strom:

  „Tochter, du nimst hinweg deiner Mutter
     Schmach!
Nächst deiner Schwestern weinenden Gram!
Unwillig krümte jede sich hinab ins Grab;
Denn in Locken der Jugend hofte jede zu führen
     dein Schwert,
Zu halten deine Waage, Vergelterin!
Schon lächelst du stolz an deiner Mutter Brust,
Schon flamt dein blauer rollender Blick,
Schon greifest du mich stark an mit der zarten
     Hand;
Bald tönen um deine Wiege herum
Waffengetös und der Sieger Gesang!
Du wächsest schnell auf! ich sehe dich schon
In schöner weiblichen Riesengestalt,

Mit zuckenden Wettern im vertilgenden Aug,
Mit wild hinströmendem goldenen Haar!
Donner entrollen deinem Fußtritt, und es stür=
zen dahin
Die Throne, in die goldne Trümmer Tirannen
dahin!
Du giessest aus mit blutiger Hand der Freiheit
Strom!
Er ergeußt sich über Deutschland; Segen blüht
An seinen Ufern, wie Blumen an der Wiese
Quell. „

Steb.   H

Bei Wilhelm Tells Geburtsstätte

im Kanton Uri.

Seht diese heilige Kapell!
Hier ward geboren Wilhelm Tell!
Hier, wo der Altar Gottes steht,
Stand seiner Eltern Ehebett!

Mit Mutterfreuden freute sich
Die liebe Mutter inniglich,
Gedachte nicht an ihrem Schmerz,
Und hielt das Knäblein an ihr Herz!

Sie flehte Gott: er sei dein Knecht;
Sei stark und muthig und gerecht!
Gott aber dachte: ich thu' mehr
Durch ihn, als durch ein ganzes Heer!

Er gab dem Knaben warmes Blut,
Des Rosses Kraft, des Adlers Mut,
Im Felsennacken freien Sinn,
Des Falken Aug' und Feuer drin!

Dem Worte sein und der Natur
Vertraute Gott das Knäblein nur;
Wo sich der Felsenstrom ergaßt
Erhub sich früh des Helden Geist.

Das Ruder und die Gemsenjagd
Hat seine Glieder stark gemacht;
Er scherzte früh mit der Gefahr,
Und wußte nicht, wie groß er war!

Er wußte nicht, daß seine Hand,
Durch Gott gestärkt, sein Vaterland
Erretten würde von der Schmach
Der Knechtschaft, deren Joch er brach!

Das Rüsthaus in Bern.

Das Herz im Leibe thut mir weh,
Wenn ich der Väter Rüstung seh;
Ich seh zugleich mit nassem Blick
In unsrer Väter Zeit zurück!

Ich greife gleich nach Schwert und Speer;
Doch Speer und Schwert sind mir zu schwer;
Ich lege traurig untgespant
Den Bogen aus der schwachen Hand.

Des Panzers und des Helmes Wucht,
Der Schild mit tiefgewölbter Bucht,
Des scharfen Beiles langer Schaft
Zeugt von der Väter Riesenkraft!

Geschwenkt von eines Helden Arm
Hat dieser Panner manchen Schwarm
Der stolzen Feind' in mancher Schlacht,
Wie scheues Wildpret, weggejagt!

Sie flohn und warfen aus der Faust
Die Fahnen, vom Gewühl zerzaust;
Die sammelte des Kriegers Hand
Und hieng sie auf an diese Wand!

Viel andre Beute zeuget noch
Vom blutig abgeworfnen Joch,
Von der Burgunder Heeres Macht
Und Uebermut und eitler Pracht!

Mit diesen Stricken wollten sie
Der Schweizer Hände binden früh,
Und eh' die Sonne sank ins Thal
Beschien sie noch der Stolzen Fall!

So, Schweizer! focht der Väter Mut!
Es floß für euch ihr theures Blut!
Sie sind des Enkeldankes werth!
Wohl dem, der sie durch Thaten ehrt!

Die Trümmer.

Hier siehst du eines Zwingherrn *) Haus
Gestürzt in Moder und in Graus;
   Der Uhu hauset drinnen.
Auf dieser Stätte ruht sein Fluch;
Hier that er manchen feilen Spruch,
   Ließ Blut und Thränen rinnen.

Er hat in mancher Taumelnacht
Den Raub des Tages durchgebracht,
   Geschwelget, bis es tagte.
Des Abends stand einmal allhier
   Vor seines Schlosses stolzer Thür
   Ein armes Weib, und klagte.

*) Zwingherren hiessen in der Schweiz die Oesterrei=
chischen Landvögte.

Der Herr ist Gott! der Herr ist Gott!
Er hört des stolzen Frevlers Spott
   Und einer Witwe Klage;
Gott wog den Dränger und das Land;
Die Himmel sahn in Gottes Hand
   Die fürchterliche Wage.

Ein Gottgesandter Schauer schleicht,
Da seine leichte Schale steigt,
   In des Tirannen Seele;
Ihm fällt der Becher aus der Faust;
Vor seinen bangen Ohren sauft
   Das Hohngezisch der Hölle.

Die Hülfe Gottes eilet schnell,
Sie rüstete den wackern Tell,
   Das Vaterland zu retten;
Die Dränger fielen, dieses Schloß,
Versenkt in Schutt, bedeckt mit Moos,
   Zeugt von zerbrochnen Ketten!

Bei einer Schweizerhochzeit.

Des ganzen Dorfes frohe Schaar
Führt dort vom heiligen Altar
Ein neuvermähltes Ehepaar.
Seht, wie die Freude feierlich
  Des Mannes Haupt erhöhet,
Seht, wie verschämt und jungfräulich
  Die junge Gattin gehet!

Der Greise Blick verjünget sich,
Die Knaben hüpfen freudiglich,
  Die Mädlein flüstern unter sich;
Die Eltern halten nicht zurück

Die Freude dieser Stunde,
Sie ström aus ihrem nassen Blick,
Sie tönt von ihrem Munde.

So manches Weib, das ihrem Mann
Von ganzem Herzen zugethan,
Sieht ihn mit hellen Thränen an;
Sie mahnt ihn an den ersten Tag,
Der ihren Bund geschlossen;
Sie sinnt mit ihm den Freuden nach,
Die diesem Tag entflossen.

Ihr liebe Beide, freuet euch!
Es sei kein Glück dem euren gleich;
An wackern Kindern werdet reich,
An Söhnen bieder und voll Mut
Nach alter Schweizersitte,
An Töchtern sanft und keusch und gut,
Die Zierde eurer Hütte!

Du seliges und theures Paar,

Du sollst im späten Jubeljahr,

Bedeckt mit silbergrauem Haar,

Noch vielen Enkeln Muster sein

Von keuscher Ehe Segen;

Sie werden einst, wie ihr, sich freun,

Und gehn auf euren Wegen!

Der Felsenstrom.

Unsterblicher Jüngling!
Du strömest hervor
Aus der Felsenkluft
Kein Sterblicher sah
Die Wiege des Starken;
Es hörte kein Ohr
Das Lallen des Edlen im sprudelnden Quell!

Wie bist du so schön
In silbernen Locken!
Wie bist du so furchtbar
Im Donner der hallenden Felsen umher!

Dir zittert die Tanne.

Du stürzest die Tanne

Mit Wurzel und Haupt!

Dich fliehen die Felsen.

Du haschest die Felsen,

Und wälzest sie spottend, wie Kiesel, dahin!

Dich kleidet die Sonne

In Stralen des Ruhmes!

Sie malet mit Farben des himlischen
                              Bogens

Die schwebenden Wolken der stäubenden
                              Flut!

Was eilst du hinab

Zum grünlichen See?

Ist dir nicht wohl beim näheren Himmel?

Nicht wohl im hallenden Felsen?

Nicht wohl im hangenden Eichengebüsch?

O eile nicht so
Zum grünlichen See!
Jüngling, du bist noch stark, wie ein Gott!
Frei, wie ein Gott!

Zwar lächelt dir unten die ruhende Stille,
Die wallende Bebung des schweigenden Sees,
Bald silbern vom schwimmenden Monde,
Bald golden und roth im westlichen Stral.

O Jüngling, was ist die seidene Ruhe;
Was ist das Lächeln des freundlichen Mondes,
Der Abendsonne Purpur und Gold,
Dem, der in Banden der Knechtschaft sich fühlt?

Noch strömest du wild,
Wie dein Herz gebeut!
Dort unten herschen oft ändernde Winde,
Oft Stille des Todes im dienstbaren See!

O eile nicht so
Zum grünlichen See!
Jüngling, noch bist du stark, wie ein
                                    Gott!

Frei, wie ein Gott!

———————————

An Lavater.

Im Rosenschleier lächelt die Sonne noch
Von Schneegebirgen freundlich ins Quellenthal,
    Und kühler Abendwinde Fittig
      Kräuselt die Fläche des stillen Sees;

Nur deinen Pilgern lächelt die Sonne nicht,
Nur uns erfreut kein wehender Abendhauch.
    Wir sehn uns schweigend an, und senken
      Wieder zur Erde die nassen Blicke.

Noch lange wird die Stunde des Abschieds mich
Umschweben, welche, Bester, von dir mich riß!
    Wie ungleich ihren ältern Schwestern!
      Aber auch sie mir auf ewig theuer!

Nun sinkt die Sonne. Säume nicht, trauter
Mond!
O! käm' er sanft und heiter, wie Pfennin=
ger,
So wollt' ich hier, mit meinem Bruder
Nur, und mit Haugwitz, im Stillen weinen.

———————

Stolb.   J

Der Mond.

An meinen Bruder.

Der Mond, der uns so freundlich scheint,
War unsrer lieben Mutter Freund;
Er sieht uns an mit sanftem Blick,
Und denkt wol auch an sie zurück.

Er kömt zu uns von Alpen her,
Scheint unsern Schwestern übers Meer
Und sieht von seiner hohen Bahn
Mit Einem Blick uns alle an.

So sieht uns unsrer Mutter Blick;
Sie fleht zu Gott für unser Glück,
Und stralt in stiller Nächte Ruh
Uns ihren theuren Segen zu!

Lied an einen Freimaurer
bei seiner Aufnahme.

Mit Beben, wie die Freude bebet,
   Und dankbar segnend dein Geschick,
Von kühner Ahndung neu belebet,
   Voll Bruderliebe Herz und Blick;

So, Bruder, trit in unsre Mitte,
   So schwör den schauervollen Eid,
Und jeder ist, nach Maurersitte,
   Dein Herzensfreund zu sein bereit;

Und willig, Habe, Blut und Leben,
   Nim diesen Bruderkuß zum Pfand!
Für dich, und jeden hinzugeben,
   Der sich, wie du, mit uns verband.

Auch dir sei Habe, Blut und Leben
    Zu theur für deine Brüder nicht,
Mit Freud' und Demut es zu geben,
    Das, Bruder, ist des Maurers Pflicht!

Ach! rauh und steil sind unsre Pfade,
    Und harte Kämpfe kämpfen wir;
Fliehst du den Kampf fliehst du die Pfade,
    Dann wehe! wehe! wehe! dir.

Getrost! du fliehst sie nicht.   Beginne
    Mit Mut und Vorsicht deine Bahn,
Und dringe zu des Gipfels Zinne,
    Zu der nur Hochgeweihte nahn.

Die Stärke stütze deine Rechte,
    Wenn machtlos sie im Streite ficht;
Des Irrsals und des Zweifels Nächte
    Erhelle dir der Weisheit Licht.

Schon sank die Hülle!   Sieh, es winket
    Dir fern Aurorens junger Schein,
Doch grauer Nebel wallt und sinket
    Und hüllt in Dämmerung dich ein!

So wallte Nebel einst, und deckte
    Des Tempels Heiligthum; es bebt
Der Söhne Levi Schaar;   Sie schreckte
    Gott, dessen Schauer sie umschwebt.

Da schwiegen Psalter, schwiegen Lieder;
    Da flehte Salomon;   da goß
Ein Strom des Lichtes sich hernieder,
    Der in des Weisen Seele floß.

So quill' auch dir des Lichtes Quelle,
    Ergieß' im vollen Strome sich,
Verscheuche Nebel, und erhelle
    Und kräftig' und belebe dich!

Wohl dir, in unsrer Brüder Kreise!
　　Wohl uns! wir feiern diesen Tag!
Ihm folge, nach der Väter Weise,
　　Ein froh bekränzter Abend nach.

Bei unserm Freudenmahl' erneue
　　Der volle Becher unser Band;
Die Freud' erschein' uns!　Wahrheit, Treue,
　　Und Sittsamkeit an ihrer Hand!

Dann schallen festlich unsre Lieder,
　　Wir trinken ferner Brüder Glück,
Und blicken auf bedrängte Brüder,
　　Und lindern freudig ihr Geschick.

Das Wiedersehen.

An meine Schwester, H. F. Gräfin von Bernstorf.

Du bist mir immer nah, und du fehlest mir
Doch immer, Beste, schwebest im Seelenflug
   Um meine Seele, wenn ich wache,
    Oder erscheinst mir im süssen Traume,

Dein sanftes Auge blicket dem Meere zu,
Das deine Brüder deinen Umarmungen
   Entriß, ach! deine treue Thräne
    Fiel in die meine beim Abschiedskusse,

In bitrer Trennung labt der Gedanke mich,
Daß du mich liebest! rührt der Gedanke dich,
   Daß ich dich liebe, wie nur selten
    Schwestern und Brüder einander liebten!

Dich freut der Flug des eilenden Jahres, dich
Des falben Ahorns fleckige Blätter, dich
    Der Liederleere Busch mit seltnem
      Rasselnden Laube, vom Sturm durchsauset.

So freute nie der nahende Frühling dich
Von jungen Blüthen duftend und Thaugeruch,
    Nicht so das helle Laub der Aeste,
      Schwankend von wiegenden Nachtigallen.

O Wiedersehn! Lieblich, wie Sonnenschein
Nach Regen, schön und freundlich, wie Abendroth,
    Erwünscht, wie Morgensonnen, Vorschmack
      Ewiger Freuden nach lezter Trennung!

———————

Rundgesang.

Fröhlich tönt der Becher Klang
Im vertrauten Kreise;
Lieblich schallt ein Rundgesang
Nach der Väter Weise!
　Freunde, freut euch alle!
　Freunde, trinket alle!
　Singt mit lautem Schalle:
Traute Brüder, schenket ein!
Stoßet an und trinkt den Wein!

Winde schwanke Reben mir
Um das Haar; ich winde
Epheu um den Becher dir,
Lächelnde Belinde!

Laß den Becher rauschen,
Wenn die Mägdlein lauschen,
Ob wir Küsse tauschen.
Traute Brüder, schenket ein!
Stoßet an und trinkt den Wein!

Du dort, schenke mäßig ein!
Denn Erfahrung lehret,
Scherz und Freude scheucht der Wein,
Wenn er uns bethöret.
    Ach, sie fliehn erschrocken
    Aus zerstörten Locken
    Von geworfnen Brocken!
Traute Brüder, schenket ein!
Stoßet an und trinkt den Wein!

Wer mit Gegenliebe liebt
Freue sich von Herzen;
Wen sein Mädchen noch betrübt,
Hoffe Trost nach Schmerzen;
    Freund, beim Rosenbecher

Leert vielleicht dein Rächer,
Amor, seinen Köcher!
Traute Brüder, schenket ein!
Stoßet an und trinkt den Wein!

.

Neue Freuden gehn mir auf,
Glatter wird die Stirne,
Leicht wird meines Blutes Lauf,
Leichter mein Gehirne!
    Seht, die Gläser blinken!
    Selbst die Mädchen winken
    Noch einmal zu trinken.
Traute Brüder, schenket ein!
Stoßet an und trinkt den Wein!

Homer.

An Vater Bodmer.

Τη νυν, και σοι τητο, γερον, κειμηλιον εσω·

Hom. II. XXIII.

Heil dir, Homer!
    Freudiger, entflamter, weinender Dank
    Bebt auf der Lippe,
    Schimmert im Auge,
    Träufelt, wie Thau,
Hinab in deines Gesanges heiligen Strom!

    Ihn goß von Ida's geweihtem Gipfel
       Mutter Natur!
    Freute sich der strömenden Flut,
       Die voll Gottheit,
    Wie der Sonnenbesäte Gürtel der Nacht,
    Tönend mit himlischen Harmonien,
    Wälzet ihre Wogen hinab in das hallende
             Thal!

Es freute sich die Natur,

Rief ihre Goldgelockten Töchter;

Wahrheit und Schönheit beugten sich über den
Strom,

Und erkanten in jeder Welle staunend ihr Bild!

Es liebte dich früh

Die heilige Natur!

Da deine Mutter im Thale dich gebar,

Wo Simonis in den Skamandros sich er=
geußt,

Und ermattet dich ließ fallen in der Blumen
Thau,

Blicktest du schon mit Dichtergefühl

Der sinkenden Sonne,

Die vom Thrazischen Schneegebürg,

Ueber purpurne Wallungen des Hellä'pon=
tos,

Dich begrüßte, in ihr flammendes Gesicht!

Und es strebten sie zu greifen

Deine zarten Hände,

Von ihrem Glanze röthlich, in die Luft empor!

Da lächelte die Natur,

Weihte dich, und säugte dich an ihrer Brust!

Bildete, wie sie bildete die Himmel,

Wie sie bildete die Rose,

Und den Thau, der vom Himmel in die Rose
träuft,

Bildete sorgsam den Knaben und den Jüngling so!

Gab dir der Erfindung

Flammenden Blick!

Gab, was nur ihren Schößlingen sie giebt,

Thränen jegliches Gefühls!

Die stürzende, welche glühende Wangen nezt,

Und die sanftere, die von zitternder Wimper

Rint aufs erbleichte Gesicht!

Gab deiner Seele

Einfalt der Tauben und des Adlers Kraft!

Gleich deinem Liede,

Sanft nun, wie Quellen in des Mondes Schein,

Donnernd und stark nun, wie der Katarakte
Sturz!

———————

Die Mädchen, an einen Jüngling.

Ich sehe mit Schmerzen,
Du kennest die Kerzen
    Kupidens noch nicht!
Du hoffest, mit Herzen
Der Mädchen zu scherzen;
    Es reizet die Rose dich, ehe sie sticht!

Zu spielen mit Rosen,
Zu küssen und kosen
    Ist lieblich und fein;
Du trauest den Losen,
Sie lachen und stossen
    Ganz freundlich den Dolch in das Herz
        uns hinein!

O Jüngling, dann müssen
Mit Thränen wir büssen,
   Mit innigem Schmerz!
Es fliehen die Süssen
Zu andern, und küssen
   Auch ihnen Verzweiflung ins wehrlose
             Herz.

Sie können mit Blicken
Die Herzen bestricken,
   Und scheinen so gut!
Kaum kehrst du den Rücken,
So winken und nicken
   Die Falschen, und freun sich der wachsen-
             den Glut.

Wenn endlich dich eine
Von Tücken noch reine
   Mit Zärtlichkeit liebt;
So wisse, der kleine
Kupido hat seine
   Geheimeren Ränke, wodurch er betrübt.

Oft spinnet er Fädchen
Am goldenen Rädchen,

    Wie Haare so fein.

Kaum glaubst du dein Mädchen
Zu halten am Drätchen,

    So reißt es und läßt dich Bethörten

        allein!

Viel hab ich gelitten,
Hab dreimal gestritten

    Für Thränen zum Sold;

Bei dörflichen Sitten,
In moosigen Hütten,

    Da wohnet die Liebe noch lauter, wie

        Gold!

———————

Stolb.   K

Lied in der Abwesenheit.

Ach, mir ist das Herz so schwer!
Traurig irr' ich hin und her,
Suche Ruh und finde keine,
Geh ans Fenster hin, und weine!

Sässest du auf meinem Schooß,
Würd' ich aller Sorgen los,
Und aus deinen blauen Augen
Würd ich Lieb' und Wonne saugen!

Könt' ich doch, du süsses Kind,
Fliegen hin zu dir geschwind!
Könt ich ewig dich umfangen,
Und an deinen Lippen hangen!

An die Grazien.

Leicht, wie Hauche des Abendwinds,
Schwebe leicht, mein Gesang! sanft, wie des
Liebenden
Kuß von Lippe zu Lippe schwebt!
Wehe Düfte des Lobs, süsser denn Weihrauchs
Duft, ·

Zum Altare der Grazien,
Junger Blumen Geruch, welche die Muse mir
Im geheimeren Thale las!
Lächelt immer mir zu, stimmet mein Saiten-
spiel,

Allbelebende Göttinnen!
Lehret meinen Gesang senken vom Himmel sich,
In die Quelle der Schönheit sich
Tauchen, glänzender dann steigen dem Himmel
zu!

Ach, die Blume des Liedes welkt

In dem Kranze des Ruhms, wenn sie ein Sterb=
. licher

Mit unheiligen Händen pflückt!

Pflücket ihr sie für mich, daß nicht der silberne
Sonnenstralende Morgenthau

Ihr entträufle, sie nicht hangend gekräuselte
Blätter senke der Erde zu!

Euch soll künftig ein Hain blühender Stauden,
euch

Meine Quelle geweihet sein,

Euch mein moosiges Dach, und die Bewohner
der

Stillen Hütte geweihet sein!

Suchet ihr mir, und bald, unter den freundlichen
Töchtern Deutschlands ein Mädchen aus,

Blau die Augen, ihr Haar golden, und schlank
ihr Wuchs,

Sanft die Seele, den Augen gleich,

Daß sie Priesterin sei eurem Altare, früh,
Wenn ihr röthend die Sonne winkt,

Ihr im leichten Gewand flattert die Morgenluft,
Und im wallenden Schleierflor!

Daß sie Priesterin sei eurem Altare, spät,
    Wenn ihr winket der Abendstern,
Und der Nachtigall Lied um den Altar ertönt!
    Wenn ein Kind ihr am Busen hängt,
Wird sie weihen das Kind euren Altären; einst
    Wird die Tochter, die Enkelin
Euch noch singen mein Lied;   dann werd' ich
                    freudiger
    Greis mit zitternden Thränen noch
Mich am wärmenden Stral sonnen, mit zit=
                    ternder.
    Hand noch rühren mein Saitenspiel,
Bis mit Lächeln mein Haupt sanft in die Gru=
                    be sinkt!

Die Schönheit.

Wie freudig die Lerche
Schwebet entgegen
Dem röthenden Morgen,
So schwebet in melodischem Fluge des Gesangs,
Lieblichste Tochter der Natur,
Schönheit, meine dürstende Seele dir nach!

Deine heimische Laube
Blühet unter den Sternen nicht;
Aber auf Stralen des Himmels
Schwebest oft zu Sterblichen du hinab!
Lächeltest mir oft,
Von purpurnen Wangen des Morgens;

Oft vom Schimmer des Mondes,
Und   vom Spiegel des Sees, den der Hain
                            umkränzt,
Sanfte Ruh in die Seele,
Ahndungen und Himmelsgefühl!

        Ach, auf Wangen des Mädchens
Sah ich dich himlischer noch!
In sanftrollender Unschuld
Ihrer schmelzenden Augen
Sah ich dich himlischer noch!
Hörte dich in den bebenden Melodien
Ihrer schwebenden Stimme!
Hörte dich!   sah dich!   fühlte dich!
Und in Flammen der Liebe.......

Wehe mir!   wehe!
Was bebt meine Seele
Plözlich in die Ebbe des Gesangs zurück!
Selinde!
Selinde!
Versiegt bei deinem Bilde mein Gesang?...

Stolberg sei ein Mann!
Ströme wieder, Gesang!
Ström', ich beschwöre dich bei deiner Kraft!
Denn die heimische Laube
Der seligen Göttin
Blühet unter den Sternen nicht!

Himlische Urschönheit!
Oder wie nennen die Unsterblichen dich,
Welche besser noch dich kennen, als Homer,
Plato, Klopstock und Ossian?
Bist du der olympischen Tugend
Schwester? oder sie selbst?

Selige Bewohner des Lichts,
Welche sich sonnen in deinem Stral,
Und mit schwellendem Segel
Schiffen auf der Wahrheit unendlichem Oceanus!

Weise der Erde
Stehn am sandigen Ufer,
Freun sich, wie Kinder,
Wenn die kleine Kentniß
Zappelt an der Angel schwankendem Rohr!

Lächeln, wie Kinder,

Ueber den weissen Schaum

Und die bunte Blase,

Ehe sie am Gestade zerplazt!

Lieber wall' ich am Ufer,

Ruhig und Gedankenvoll!

So hört doch mein Ohr

Der ernsten Wogen rauschenden Fall!

Es spähet mein Blick

Die Argo, die einst

Zum reineren Golde mich führt!

Schweig indessen, Gesang!

Bis du einst der Göttin,

Wie die Donau der Sonne,

Von ihrem Glanze golden und roth,

Freudig und donnernd entgegen strömst.

Lied eines Freigeistes.

Wenn auf der Verzweiflung Wogen ich bin,
Treibt rund mich umher mein wilder Sinn,
Er treibet mich kreuz, er treibet mich quer
Durch Klippen und Sandbänke hin und her;

Und trieben nur vorwärts die Stürme mich weiter,
So würde mein Nachen mit Ehre zur Scheiter!
Zum Sturme ruf' ich: Sei mein Genoß!
Zum Strudel: Nim du mich, in deinen Schooß!

Doch Sturm und Strudel hören mich nicht,
Kein Wetterstral sendet mir leuchtendes Licht,
Rund um mich schwimmt alles in Mitternacht,
Die mich unthätig und rasend macht!

Es drängen sich Welten in meiner Brust,
Entflamtes Verlangen, verderbende Lust
Zu kneten die Elemente zusammen,
Meer und Erde zu peitschen mit Flammen.

O wär' ich entfernt von Erd und See,
Hoch über Arkturs und Orions Höh!
Und sähe den Strom der Vernichtungen fliessen,
Gleich Bächen die Himmel hinein sich ergiessen,

Und säh' und hörte all überall
Geschleuderte Trämmer und donnernden Fall
Und in den Himmelverschlingenden Wellen
Scheitern die Erden, die Sonnen zerschellen,

Und blieb' hohnlachend noch übrig allein
Und stürzte mich dann in die Wogen hinein,
Es deckte mich Mitternacht, Trümmer und Graus
Und feierlich spielt' ich mein Possenspiel aus!

Anakreons eilfte Ode.

Λεγουσιν αἱ γυναῖκες.

Es sagen mir die Weiber
Anakreon, du greisest;
Kom, nim den Spiegel, siehe,
Dein Haar ist dir entfallen,
Und kahl ist deine Stirne!

Mein Haar, ob ich's behalte,
Mein Haar, ob's mir entfalle,
Das weis ich nicht!   das weis ich,
Daß einem Greisen mehr noch
Gezieme froh zu scherzen
Je näher ihm die Parze.

Anakreons drei und dreissigste Ode.

Συ μὲν φίλη χελιδων.

An die Schwalbe.

Du liebe kleine Schwalbe,
Du kehrest jährlich wieder,
Und baust dein Nest im Sommer.
Wenn dann der Winter nahet,
So fliehst du zu dem Nile;
Doch Amor bauet immer
Sein Nest in meinem Herzen.
Ein Amor ist schon flücke,
Das Ei verbirgt noch jenen,
Und diesem birst die Schale.
Ohn' Ende schallt die Stimme
Der Nestlinge, die pipen.

Die grössern Amorn ätzen
Die kleinen Amoretten,
Und die Geätzten hecken
Geschwinde wieder Junge.
Was soll ich wol ersinnen?
So viele Liebesgötter
Vermag ich nicht zu hausen!

———

Amors Pfeile.

Anakreons fünf und vierzigste Ode.

'Ο ανηρ ὁ της Κυθηρης.

Der Gatte Cythereens
Nahm Stal in Lemnos Esse,
Und schmieder' Amors Pfeile.
Die Spizen tauchte Cypris
In Honigseim; doch Amor
That in den Honig Galle.
Jüngst kehrte Mars vom Treffen,
Schwang seine hohe Lanze,
Und spottet' Amors Pfeile.
Sieh, der ist schwer! sprach Amor;
Du kanst ihn selbst versuchen!

Mars, nimt das kleine Pfeilchen
Und lose lächelt Cypris:
Doch keuchend rief der Kriegsgott:
Schwer ist er! Nim ihn wieder!
Doch Amor sprach: Behalt ihn!

Hellebek,
eine seeländische Gegend.

An
Ernst Grafen von Schimmelmann
und
Emilie Gräfin von Schimmelmann,
geborne Gräfin von Ranzau.

Die mich oft auf wehenden Flügeln des rosigen Morgens,
Oft in thauenden Düften der Abendkühle be-
suchte,
Die mir begegnet' auf hangenden Pfaden der
heil'gen Alpen,
Und auf grünlichen Wellen des Sees im tanzen-
den Nachen
Mich ergriff, daß ich dem Sohne der Felsenkluft
zurief:

„Warum stürzest du, Jüngling, herab die don=
nernden Fluten

In den stilleren See? noch bist du frei, wie
die Götter!

Wie die Götter, noch stark! dort unten harret
der Knechtschaft

Ruhe dein! Enteile nicht, Jüngling, dem nähe=
ren Himmel!„

O Begeistrung, wo warst du, da ich, mit flehen=
der Stimme

Dich in mitternächtlicher Stunde, vom Monde
beschienen,

Einsam wallend am Ufer des Wogenrauschenden
Meeres,

In der Fluten Geräusch, im Schimmer der
Sterne dich suchte?

Sanft umsäuselten mich und hehr die nächtlichen
Schauer;

Sinkendes Abendroth weilte noch über Schwe=
dens Gebirge,

Und es tanzten die röthlichen Gipfel auf Wogen
des Nordmeers.

Heller ſtralte der Sund, vom ſteigenden Monde
beſchienen;

Lieblich glitten auf beiden Meeren, mit ſchwel-
lendem Segel,

Schiffe, gerüſtet mit ruhenden Blizen, und
hüpfende Nachen,

Hier im Mondſchein, dort im ſterbenden Schimmer des Abends

Ueber mich wehten, auf hohem Geſtade, die
heiligen Buchen,

Deren kein nordiſcher Sturm, kein Sturm von
Oſten geſchonet.

Blizzerſchmetterten Wipfeln entſauſet feſtliches
Rauſchen,

Das mit Erinrung und Ahndung den ernſten
Waller erfüllet.

Ach, mir liſpelte freundlich die Stimme der jungen Erinrung;

Denn hier ſah ich vor wenigen Stunden, mit
euch, ihr Geliebten,

Sinken die Sonn' in Wogen des unermeßlichen
Meeres.

Siehe hier den Stein, an welchen Emilia hinſank!

Stillerröthend vom Schimmer des Abends und
sanften Gefühlen.

Und wir sanken zu ihren Füßen.   Von Se=
ligkeit trunken

Irrte dein Blick, o Freund!   von ihren Augen
zur Sonne,

Von der Sonne zu ihren Augen!   Dir stralte
sie minder

Schön in Wogen des Meers,   als in Emiliens
Thränen!

Ach!   beim Anblick der Liebenden wandte mein
Bruder sich, wischte

Eine Thrän',   und blickte nun wieder hinab auf
die Wellen.

Siehe, nun war die Sonne gesunken!
Nun sausten die Wipfel

Lauter,   und lauter rauschten ans Ufer die pur=
purnen Wogen.

Nun umschwebten uns Bilder der Vorzeit;   die
Leier von Selma

Tönet' um uns, um uns die liebliche Stimme von
Kona.

Da erhuben wir uns auf Lochlins hohem
Gestade. *)

Sahen jenseit des Meers, am Fuße des Felsen-
gebirges,

Starno's unwirtbaren Wohnplaz; dort lande-
te Fingal; dort sah er

Agandecka; dort liebten sich Fingal und Agandecka.

Ach! gleich einem Sterne, der finstre Wolken
durchschimmert,

Sah er das Fräulein zuerst; in ihrem wallenden Busen

Stieg das Bild des Helden empor, wie die steigende Sonne.

Starno laurte mit Ränken auf ihn; da bebte
des Fräuleins

Heimliche Thräne, da schlich sie zu ihm in schweigender Stunde:

„Sohn des hallenden Selma, dich will mein
Vater ermorden!

Fleuch! Dein harren im Walde versteckt die
Söhne des Todes;

*) Siehe im Ossian, das dritte Buch von Fingal.

Fleuch, und rette mich, Held, aus der Hand des
zürnenden Vaters!„

Unbekümmert gieng er zur Jagd, die Söhne
des Todes

Fielen durch ihn, und Gormal erscholl von der
fallenden Rüstung.

Starno blickte finster umher:„ Auf! rufet das
Mägdlein,

Daß ihr reiche die blutige Hand der König
von Morven!„

Bleich erschien, mit fliegendem Haar, das liebli=
che Mägdlein;

Seufzend hub sich ihr Busen, wie Schaum des
strömenden Lubar;

Stille Thränen entstürzten den niederblickenden
Augen.

Starno wandte sein Haupt, und durchstach sie —
Agandecka

Fiel, wie rollender Schnee der Ronans Felsen
entgleitet;

Schweigend lauschen die Haine der Stimme
des hallenden Thales,

Fingal blickt' auf die Helden umher. Da
flohen und sanken

Lochlins Krieger. Er brachte das Fräulein mit
sinkenden Locken

Auf sein Schiff, und suchte die grünende Küste
von Morven,

Dort erhebt sich ihr Grab auf einem einsamen
Hügel;

Agandecka's Wohnung umrauschen die Wogen
des Weltmeers.

Oft umtönte den Hügel die liebliche Stimme
von Kona,

Ossians Leyer, mit ihr die Stimme der sanften
Malvina!

So umwallten uns manche Gesichte der
grauenden Vorzeit.

Sie entschwebten dem Wogengeräusch des heili=
gen Meeres,

Dem Gesäusel der Buchen, dem rothen und
thauenden Himmel.

Lange wallten   wir noch am hohen Ufer,
und sahen

Unter uns drei ruhige Hütten, ans steile Gestade

Angelehnt, und freundlich genez̄t von der schmei=
chelnden Welle.

Lämmer weideten zwischen den Hütten im wan=
kenden Grase,

Und am kühlenden Born mit sprudelndem Sil=
bergestäube,

Weiden und blühende Flieder umschatten die mit=
telste Hütte.

Lächelnd weilte beim lieblichen Anblick Emiliens
Auge.

„Fromm sind deine Bewohner, du moosige Hüt=
te „ sie sprach es,

Und es suchet' ihr Blick den Pfad zur moosigen
Hütte.

Süsse Schauer ergriffen dich, Freundin! o laß
dir erzählen,

Welche Schauer es waren, und wer die Schauer
dir sandte!

Fromme Seelen, das wustest du nicht! um=
schwebten dich leise,

Wehten dir Empfindungen ' zu und lispelten
freundlich.

Diese Bäume waren noch nicht;   auf
eben der Stätte
Waren Hütten   gebaut, und waren Hütten ge-
sunken,
Und in ähnlicher Wohnung, von ähnlichen Bäu=
men umschattet,
Lebte Sveno hier mit seinem Weibe Gotilde,
Seinen mutigen Söhnen und zart aufblühenden
Töchtern.
Aecker hatten sie nicht, sie lebten von Früchten
des Gartens,
Von der einzigen Kuh, dem Netze, der schwan-
kenden Angel.
Oftmal saßen sie hier, gekühlt von thauenden
Lüften,
Wenn die Abendsonne das flutende Weltmeer
erhellte,
Bis sich über den Sund die östlichen Schimmer
des Mondes

Zitternd erhuben, und heimzukehren die Glückli=
chen lockten.

Kummer kannten sie nicht, nur Sorgen der
zärtlichsten Liebe;

Einfalt deckte den frohen Tisch, ihn würzte die
Freiheit,

Und es sorgte kein Tag für seine jüngere Brüder.

Vater! es bauet der Mensch sein Haus; es
nistet die Schwalbe

Im Gesimse; du nähreſt die Schwalbe; du
nähreſt den Menschen!

Frühe fuhr täglich Sveno ins Meer mit täu=
schendem Netze,

Oft die Söhne mit ihm, oft Weib und Töchter
und Söhne.

Also fuhren sie einſt zusammen, und freuten ſich
herzlich

Ueber den Mond und den Morgenſtern und
den kommenden Morgen.

„Sveno, wie gleitet der Nachen ſo ſanft! „ —
„So führt uns, Gotilde,

Gott durchs Leben, hinüber ins Land der ewigen
Ruhe! „ —

Freudig sagt' es der Mann, und thränend erwie-
dert Gotilde:

„Wer von uns wird zuerst, o Sveno, den andern verlassen?

Wer von uns zulezt die Kinder als Waisen verlassen? „ —

„Wie Gott will! — Nun so rudert, ihr Knaben! Es schwellen die Fluten.„

Vater und Knaben ruderten rasch; es lächelte
weinend,

Auf die Augen verbergende Hand gestützet, Gotilde.
Gott sah ihre Thränen und rief dem Winde.
Schon rauschte

Höher die Flut; schon brauste der Sturm;
schon tobte die Windsbraut,

Daß das Segel zerriß, eh' sie's zu senken ver-
mogten.

Vater und Knaben ruderten rasch; nun weinte
die Mutter

Laut empor; es weinten, wie sie, die zagenden
Töchter,

Bis die Welle sich thürmender hub, den Nachen an
Felsen

Warf, und Vater und Mutter und Kinder auf
einmal hinabschlang.

Engel schwebten über der Flut: so schwebet der
Bogen

Gottes über der stäubenden Flut des stürzenden
Stromes!

Ach! nun schweben mit ihnen die Seelen in
stralendem Fluge

Alle zugleich hinüber ins Land der ewigen Ruhe.

Ihre Leichen trennte das Meer nicht, und wiegte
sie sorgsam

Uns Gestad, und weinend begrub sie, unter den
Buchen,

Auf dem Hügel, der Nachbar, wo uns, im Hauche des Abends,

Heitre Gedanken des Tods und der Auferstehung
umschwebten.

Sonne, du steigst, und sinkest, um wieder
zu steigen! Einst wirst du

Sinken in ewige Nacht! Dann fragen sich
wundernd die Sterne:

„Warum säumt die leuchtende Schwester im pur=
purnen Lager?

Weilt sie im kühlenden Bade des Meers?„ —
Im Bade des Meeres

Weilt sie nicht, und nicht in ihrem purpurnen Lager;

Sterne, sie starb!   Einst sterbt ihr wie sie, ihr
Söhne des Lichtes!

Ach! die goldene Saat von Sonnen und Ster=
nen und Monden

Rauschet entgegen der Sichel des Todes, und
neue Gefilde

Keimen empor, dereinst mit neuen Saaten gekrönet,

Bis auch diese das rollende Jahr des Himmels
gereifet! —

Laß sie rollen die Jahre des Himmels!   mit
Saaten der Schöpfung

Und mit Erndten der Schöpfung ein jedes berei=
chert; wir werden

Säen sehn und erndten, geschmückt mit ewiger
Jugend!

Solche Gedanken führten uns heim; wir
freuten uns innig

Unsers unsterblichen Lebens und unsrer ewigen
Freundschaft!

Freunde! die Göttin verläßt mich, sonst
säng' ich die lieblichen Haine,
Sie mit Bächen gewässert, geschmückt mit Hügeln und Thalen,
Und die zwanzig Seeen mit Eichen und Buchen
umkränzet.
Sänge Waldemars Hügel, wo, unter rauschenden Eschen,
Mancher Schauer der Vorzeit den sinnenden Enkel erhaschet.

Ach Begeistrung! melodisch erscholl der
Flug deiner Ankunft;
Nun enteilest du mir im schwebenden Saiten-
gelispel;
Kehre wieder, und bald, aus deiner tönenden
Halle!

An Jünglinge.

Ihr fröhlichen Jünglinge, höret
Den fröhlichen Jüngling! Er lehret
   Euch glücklich und weise zu sein.
Heut ist mir's im Herzen so helle!
Ich schöpfe die Freud' aus der Quelle
   In altem Hungarischen Wein!

Auf wackre Gesellen, und tränket
Mit Freude die Seelen! Es tränket
   Den höllischen Drachen das Glück.
Doch hütet euch, Brüder! Er lauschet,
Und wo sich ein Jüngling berauschet,
   Da grinzt er mit schielendem Blick!

Oft führt er bei nächtlichen Fackeln
Die Reigen der Thoren; sie wackeln
	Frohlockend, und träumen nicht Harm.
Er führt sie im Taumel des Tanzes;
Noch duften die Blumen des Kranzes,
	Schon hält sie die Lais im Arm.

Ich warne dich, flatternde Jugend:
Oft grenzet die Freude der Tugend
	An giftiger Laster Genuß.
So schleichet, im freundlichen Schatten
Der Pappel, auf blühenden Matten,
	Die Natter, und sticht dich in Fuß.

Drum merke dir, was ich dich lehre:
Auf daß dich der Feind nicht bethöre,
	So suche dir heut noch ein Weib!
Statt länger zu flattern, erwähle
Ein Mädchen mit lieblicher Seele,
	Und eben so lieblichem Leib!

Es halte sich jeder zur Schande,
Zu fliehn die holdseligen Bande,
   Womit uns ein Weibchen umschlingt!
Sie führt uns am rosigen Bändchen,
Mit samtnen liebkosenden Händchen,
   Bis sie in den Himmel uns bringt!

O Wonne, sein Weibchen zu wiegen
In Armen der Liebe, zu liegen
   Beim Weibchen in süssem Genuß!
Ich achte, mit neidenden Blicken
Und schmachtendem Geisterentzücken,
   Umschweben die Engel den Kuß.

Ich hätt' euch noch vieles gelehret;
Das Mädchen hier hat mich gestöret;
   Sie weckte den Trunknen dort auf.
Wart, Braune! Gleich wirst du ihm büssen!
Er straft dich mit duftenden Küssen.
   Und hascht dich im wankenden Lauf!

———

Stolb.   M

Die Thränen der Liebe.

Träufle, mein süsses Mädchen, diese Thräne
Auf die silberne Leier deines Stolberg!
Siz auf meinen Knien, und laß die Thräne
Ueber die Wange

Deines Geliebten rinnen auf die Saiten,
Daß sie beben, wie deine Busenbänder,
Und daß meine Thräne mit deiner Thräne
Tönend sich mische.

Thräne der Liebe, ach! der stummen Wonne
Thräne! könt' ich sie fassen und verwahren!
Und mit ihr den ersten der Küsse, da du
Schüchtern dich umsahst,

Dann um den Hals mir fielst, und sanft erröthend
Deine Lippen auf meine Lippen drücktest!
Unsre Seelen huben sich auf der Liebe
Seufzer, und schwebten,

Wonneberauschet, auf des Kusses Flügeln,
Wie, auf Hauchen des Westes, süsse Düfte
Um die Wangen röthlicher, Thaubenezter
Blüthen des Apfels!

Bey Homers Bild.

Du guter, alter, blinder Mann,
Wie ist mein Herz dir zugethan!
Nim dieses Herzens heissen Dank
Für deinen göttlichen Gesang!

O hätt' ich deiner Lieder Macht,
Ich rief dir durch der Gräber Nacht!
Du kämst in Morgenroth gehüllt,
So hehr und freundlich, wie dein Bild,

Und reichtest mir die Stralenhand,
Ich aber küßte dein Gewand,
Doch bald ermannte mich dein Gruß
Zu Handschlag und zu Lippenkuß.

Auch spräch ich: was ich hab', ist dein!
Trink, alter Halbgott, diesen Wein!
Er röthet sich in Morgenland,
Am allerfernsten Mohrenstrand!

Nun tränkst du des Olůmpos Lust
Mit langen Zügen in die Brust,
Ich läs' auf deinem Angesicht:
Den neuen Nektar kannt' ich nicht!

Winterlied.

Wenn ich einmal der Stadt entrinn,
Wird's mir so wohl in meinem Sinn;
Ich grüße Himmel, Meer und Feld
In meiner lieben Gottes Welt!

Ich sehe froh und frisch hinein,
So glücklich, wie ein Vögelein,
Das aus dem engen Kerker fleugt,
Und singend in die Lüfte steigt.

Auch sieht mich alles freundlich an
Im Schmuck des Winters angethan,
Das Meer, gepanzert, weiß und hart,
Der krause Wald, der blinkend starrt.

Der lieben Sänger buntes Heer
Hüpft auf den Aesten hin und her,
Und sonnet sich im jungen Licht,
Das durch die braunen Zweige bricht.

Hier keimt die junge Saat empor,
Und gucket aus dem Schnee hervor;
Dort lockt des Thales weiches Moos
Das junge Reh auf seinen Schoos.

Natur, du wirst mir nimmer alt
In deiner wechselnden Gestalt!
Natur, so hehr! so wunderbar!
Und doch so traut! und doch so wahr!

Auf, Atalante, renne frisch!
Ich wittre schon den frohen Tisch!
Der goldne Haber harret dein!
Und mein der goldne deutsche Wein!

An

F. L. Grafen zu Stolberg

von

Gottfried August Bürger.

Friz! Friz! bei den Unsterblichen, die hold
Auch meinem Leben sind! — Sie zeugen mir! —
Sieh, Angesichts der Ritter unsers Volks
Und ihrer losen Knappen, schreitest du
Zu Truz, mit Wehr und Waffen in mein Feld,
Und wirfst den Fehdehandschuh vor mich hin!
Ha! schauerte nun auch die Menschlichkeit,
Wie Hektorn vor dem Ajax und Achill,
Vor dir mich an; hub ich ihn doch empor!
Bei Gott! bei Gott! Du Troziger, ich muß! —
So gelt es denn! Sieg gelt' es, oder Tod! —
Denn wisse! keinem Knaben sprichst du Hohn,
Der seine ersten Waffen schwankend prüft.

Straff sind die Sehnen meiner Jugendkraft;
Ich bin gewandt zu ringen; meinem Arm
Ist Phöbus güldnes Schwert ein Halmenspiel;
Den Silberbogen des Ferntreffenden
Weis ich zu spannen; treffe scharf das Ziel;
Mein Köcher rasselt goldner Pfeile voll —
Wer mag einher in meiner Rüstung gehn? —
Es gelte, Friz! Sieg gelt' es, oder Tod! —
Du! huldigt dir Gesang und Sprach' allein?
Und waltet nicht des Mäoniden Geist
Auch über meinem Haupt? Ich rang mit ihm,
Wie Herkuls Kraft mit Anteus Zauber rang.
Bezwang ich ihn nicht oben in der Luft? —
Ich komm'! ich komme dir! denn ehren mag
Ein solcher Widersacher das Gefecht.
Wie wird des Sieges Blume meinen Kranz
Verherlichen! — Und gäbe mich der Rath
Der Himmelsherscher dir auch unterthan,
So könt' ich doch von keiner edlern Hand,
Als deiner, sterben, edler, starker Held!
Auf! rüste dich! Sieg gilt es, oder Tod!

Antwort
an
Gottfried August Bürger.

Η μεν εμαρναθην εριδος περι θυμοβοροιο,
Ηδ αυτ εν Φιλοτητι διεμαχεν αρθμησαντε.

Diese Helden kämpften aus heisser Begierde des Ruhmes,
Und dann schieden sie wieder mit Freundschaft aus einander.
Homer. Ilias 7.

Fried' und Freude dem Sänger zuvor, und
traulichen Handschlag!
Sieh, ich habe dein Zürnen vernommen am fer-
nen Gestade,
Hörte den Flügelschlag deines Gesangs; melodi-
sche Stürme
Deiner Leier erhuben ihn hoch; ein Riesenadler
Steht er vor mir, mit dräuender Klaue, mit
rüstigem Fittig;
Und schon zürnt' ich entgegen. Da faßte mich
Pallas Athänä

Bei den goldnen Locken; ich wandte mich sträu=
bend; mein Auge

Staunte zurück, vom Blize der göttlichen Augen
getroffen.

Sieh, ich bebte nicht dir; ich bebte der furcht=
baren Göttin.

Sie verschwand; da war mir, als athmet' ich
liebliche Düfte,

Läg' am blumigen Hange des Helikon, unter der
Kühlung

Wehender Schatten, an Aganippens Silberge=
säusel.

Nun erwacht' ich, und zürnte nun wieder, und
grif zu der Leier.

Aber es hatte die jüngste der Musen die Leier
umstimmet,

Daß sie nicht tönte wie sonst, wie Donner, wie
Stimmen der Meere,

Sondern wie Lispel des wankenden Schilfes, wie
zärtliche Klagen

Junger Nachtigalln auf blühenden Zweigen der
Myrten.

Und mir kehrte die Weisheit zurück; sie pflückte
den Oelzweig
Den ich dir reiche; sie redet durch mich; ver-
nim und sei weise!

Siehe, zwar kränzen uns Locken der Ju-
gend, doch rauschet der Lorbeer
Ueber den Locken; es kühlet die Palme den
Schweiß an der Stirne.
Früh betraten wir beide den Pfad des ewigen
Ruhmes,
Früh erreichten wir beide das Ziel. Auf trozen-
den Felsen
Stehn wir, und lächeln entgegen dem Strome
der kommenden Zeiten.
Hier besuchen uns oft Kronions liebliche Töchter,
Lehren uns oft die eigne Leier beseelen, und brin-
gen
Oft herab vom Olymp die Harfe des Mäoniden.
Laß uns beide das heilige Lied des göttlichen
Greisen
Unserm Volke singen; wir lieben den Göttlichen
Beide!

Freund, gehabe dich wohl! ich kenne die rufen=
de Stimme,

Höre wiehern die feurigen Roß' am flammenden
Wagen;

Siehe, mir winket die Muß'; ich folge der win=
kenden Göttin!

———————

Badelied
zu singen im Sunde.

Es lockten mich nimmer
Die milderen Schimmer
 Der Sonne so sehr!
Die Abendluft hauchet;
Auf, Jünglinge, tauchet
 Die Glieder ins Meer!

Hier, wo sich zwei Meere
Begegnen wie Heere,
 Stürz' ich mich hinab!
Mich Sterblichen grüssen
Die Nymphen; sie küssen
 Die Hize mir ab!

Seht Titan, er sinket
Ins Weltmeer, und winket
   Noch flammend uns her!
Schamröthend erhebet
Sich Luna, und bebet
   Auf östlichem Meer!

O rühmliche Wonne,
Mit Mond und mit Sonne
   Zu baden im Meer!
Die wallenden Gluten
Der purpurnen Fluten
   So rund um uns her!

Die Büssende.
Ballade.

Hört, ihr lieben deutschen Frauen,
    Die ihr in der Blüthe seid,
    Eine Mähr' aus alter Zeit,
Die ich selbst nicht ohne Grauen
Euren Ohren kan vertrauen;
Denn mit Schrecken sollt ihr schauen,
    Wie ein Ritter sonder Glimpf
    Rächte seines Bettes Schimpf.

In den alten Biederzeiten,
    Da noch Keuschheit Sitte war,
    Und ein Weib nicht um ein Haar
Durft' aus ihrem Wege gleiten,
Kam ein Rittersmann von weiten,
Der zum Kaiser solte reiten,
    Von Navarra's Fürst gesandt
    In das heil'ge deutsche Land.

Einst da Strom und Nachtwind brauste,
    Und sein Roß ermüdet war,
    Ward er eine Burg gewahr,
Wo ein deutscher Ritter hauste,
Dessen Hof der Sturm durchsauste,
Und der Ulmen Haupt zerzauste;
    Freudig leitet' er sein Roß
    An das hochgethürmte Schloß.

Laut klopft er ans Thor;   es klappen
    Ihm die Zähn', er war erstarrt;
    Denn des Winters Frost war hart.
Bald erschienen edle Knappen,
Forschten nach des Fremdlings Wappen,
Hielten seinen treuen Rappen,
    Führten dann bei Fackelschein
    Ihn in den Palast hinein.

Stolb.   N

Herzlich, nach der Deutschen Weise,
  Ging auf ihn der Deutsche zu:
  „Kom, geneuß bei mir der Ruh
Nach der schweren Winterreise,
Und erquicke dich mit Speise!
Sieh, es glänzt von Reif und Eise
  Dir das Haupthaar und der Bart;
  Auch ist deine Hand erstarrt.„ —

Bei der krummen Hörner Schalle
  Führt' er den erfrornen Mann,
  Einen Windelsteig hinan,
In die kerzenvolle Halle.
Seine Väter standen alle,
Aus gegossenem Metalle,
  Schön gewapnet, ohne Zahl
  In dem ungeheuren Saal.

Hier heißt er das Mahl bereiten,
 Und schon sizen sie am Tisch.
 Unsre Helden trinken frisch,
Aus Pokalen und aus breiten
Tumlern, nach dem Brauch der Zeiten;
Rheinwein und Tokayer gleiten
 In die Kehlen glatt hinein,
 Welscher und Burgunder Wein.

Aber mitten in der Freude
 Oefnet eine Thüre sich;
 Stum und langsam feierlich,
Komt ein Weib in schwarzem Kleide,
Ohne Gold, Geschmuck und Seide,
Abgehärmt von bitterm Leide,
 Mit geschornem Haupte, schön
 Wie der blasse Mond zu sehn.

Grauen überfiel und Beben
  Den Navarrer; er ward blaß;
  Ihm entsank ein Doppelglaß,
Und er zweifelte, ob Leben
Wär' im Weibe, ob sie schweben,
Senken, oder sich erheben
  Würde, ein Gespenst der Nacht,
  Das in grausen Stunden wacht.

Aber näher kam sie ihnen,
  Sezte nun sich an den Tisch,
  Aß zween Bissen Brod und Fisch,
Und sie schellte; da erschienen,
Mit des Mitleids trüben Mienen,
Knappen, ihrer Frau zu dienen;
  Einem winkt sie; er versteht
  Ihren Jammerblick, und geht.

Und schon hält er in der Linken
    Einen Schädel, spült ihn rein,
    Gießet Wasser dann hinein,
Hält's ihr schweigend dar zu trinken;
Ach! sie läßt die Augen sinken,
Sieht den nassen Schädel blinken,
    Starret vor sich, trinkt ihn aus,
    Sezt ihn hin, und wankt hinaus.

„Ich beschwöre dich, zu sagen,„
    Hub der fremde Ritter an:
    „Was hat dir dies Weib gethan?
Wie kanst du mit diesen Plagen
So sie martern? wie ertragen
Ihrer Thränen stumme Klagen?
    Sie ist schön, wie Engel sind,
    Und geduldig, wie ein Kind.„ —

„Fremdling, sie ist schön!   Ich baute
  Auf die Schönheit all mein Glück;
  Labte mich an ihrem Blick,
Wann sie bei der sanften Laute
From und liebend auf mich schaute!
Ach! mein ganzes Herz vertraute·
  Sonder Zweifeln ich ihr an,
  War ein hochbeglückter Mann!

Ihre schönen Augen logen!
  Wer ergründet Weibessinn?
  Ihre Liebe war dahin,
Einem Buben zugeflogen,
Den ich in der Burg erzogen!
Lange hat sie mich betrogen;
  Meines Herzens Lieb und Treu
  Blieb sich immer gleich und neu!

Als ich einst von frohen Siegen
  Unvermutet kam zurück,
  Ach! da sah mein erster Blick,
Der sie fand nach langen Kriegen,
Sie in meinem Bette liegen
Mit dem Ehebrecher! Schmiegen
  Thät er wie ein Lindwurm sich,
  Doch ihn traf der Todesstich!

Aber sie fiel mir zu Füssen,
  Flehend: „Herr, erbarme dich
  Meiner, und erwürge mich!
Laß mich mein Verbrechen büssen!
Sieh, das Eisen mögt' ich küssen,
Das da soll mein Blut vergiessen,
  Und mich bald in jener Welt
  Meinem Trauten zugesellt!„ —

In dem Augenblick gedachte
 Ich in meinem Zorne doch
 Ihrer armen Seelen noch,
Und das Bild der Hölle brachte
Schrecken in mein Herz; doch wachte
Meine Rache noch, und fachte
 Meines Zornes Glut; ich sprach:
 „Büssen sollst du meine Schmach!

Aber nicht mit deinem Leben! —
 Denn was hätt' ich deß Gewinn,
 So du führst zum Teufel hin?
Nein, mit Thränen, Flehn und Beben,
Magst du nach dem Heile streben,
Ob dir wolle Gott vergeben;
 Aber Jammer, Angst und Noth
 Geb ich dir bis an den Tod!„

Da thät ich ihr Haupt bescheeren,
    Nahm ihr Gold und Edelstein,
    Hüllte sie in Trauer ein,
Ungerührt von ihren Zähren.
Welche Schmerzen sie verzehren,
Magst du von ihr selber hören.
    Fasse dich, und folge mir
    Hier durch diese Seitenthür!„— .

Und er führt' ihn eine lange,
    Steile, dunkle Trepp' hinab.
    „Ach! du führst mich in ein Grab!„—
Rief der Ritter, und ward bange.
„Graut dir schon vor diesem Gange?
Aber horch dem leisen Klange
    Einer Laute! Bei dem Klang
    Singt sie ihren Bußgesang.„—

„Halt! nun sind wir an der Schwelle!„ —
    Rief der Deutsche, stieß ans Schloß;
    Rasselnd sprang die Feder los,
Und sie sahn sie in der Zelle.
Von den Augen stürzt die helle,
Gottgeweihte Thränenquelle,
    Fliesset, aus zerknirschtem Sinn,
    Auf das ofne Psalmbuch hin.

„Ach! wie ist ihr Schicksal bitter!„
    Ruft der Gast, und geht hinein.
    Stracks führt' ihn an einen Schrein
Der gestrenge Deutsche Ritter.
Wie getroffen vom Gewitter
Sieht er, hinter einem Gitter,
    O, wer hätte das geglaubt?
    Ein Gerippe sonder Haupt.

Als der Fremdling sich ermannte,
  Sprach der Deutsche: „Sieh den Mann,
  Der dies Weib hier liebgewann,
Erst für sie im stillen brannte,
Dann sein Feuer ihr bekannte;
Den sie ihren Trauten nannte,
  Der mit seiner Frevelthat
  Mir mein Bett beschimpfet hat!

Das ist nun ihr größtes Leiden,
  Daß sie ihren Ehemann,
  Der solch Leid ihr angethan,
Muß beständig um sich leiden!
Jenes Anblick gab ihr Freuden
Sonst, nun mögt' sie gern ihn meiden,
  Doch sie sieht ihn, und beim Mahl
  Ist sein Schädel ihr Pokal.„ —

Ehe sie das Weib verlassen,
  Wünscht der Fremdling ihr Geduld,
  Und Erlassung ihrer Schuld.
Sie antwortete gelassen
Mit gesenktem Blick, und blassen
Lippen: „Ritter, nicht zu fassen
  Ist mit Worten mein Vergehn!
  Deiner Magd ist recht geschehn!„ —

Freundlich wünschte sie den Rittern
  Gute Nacht! Sie gehen fort
  Aus dem jammervollen Ort.
Bilder ihrer Angst erschüttern
Den Navarrer; sie verbittern
Ihm den dunkeln Weg; es zittern
  Seine Kniee; banger Schweiß
  Ueberläuft ihn, kalt wie Eis.

Endlich kömt er in sein Zimmer.
　　　Bang' und kummervoll durchwacht
　　　Er die lange Winternacht.
Ach! er sah ihr Bildniß immer,
Wie sie bei der Lampe Schimmer
Spielte, sang und weinte.　　Nimmer
　　　Ward wol je ein Weib gesehn,
　　　Das so elend war und schön.

Bei der goldnen Morgenröthe
　　　Thät er seine Rüstung an,
　　　Gieng hinein zum deutschen Mann,
Nahm ihn bei der Hand und flehte,
Daß er, eh der Gram sie tödte,
Aus dem Jammer sie errette;
　　　Sprach es, schwang sich auf sein Roß,
　　　Und verließ das alte Schloß.

Jahre währten ihre Leiden;
　　Ihre helle Thräne sank
　　Täglich in den bittern Trank.
Abgestorben allen Freuden,
Thät sie jedes Lab'al melden,
Thät an ihrem Gram sich weiden,
　　Sang den frommen Bußgesang
　　Täglich bei der Laute Klang.

Endlich rührt' ihr leises Stöhnen,
　　Und ihr demutvoller Schmerz
　　Des gestrengen Mannes Herz.
Wer vermag sich zu den Tönen
Leiser Klage zu gewöhnen?
Rührender bewegen Thränen
　　Einer stummen Dulderin
　　Jeden felsenharten Sinn.

Sieh, er ließ sein rasches Dräuen,
  Ihr die ganze Lebenszeit
  Anzufügen solches Leid,
Sich aus Herzensgrunde reuen;
Nahm sie in sein Bett von neuen,
Thät sich weidlich mit ihr freuen;
  Zeugte Söhne, stark von Art,
  Töchter, wie die Mutter zart.

Unsre Frauen zu belehren
  Hab ich solches kund gemacht,
  Und in saubre Reimlein bracht;
Auch die Herrchen zu bekehren,
Die der Weiblein Herz bethören,
Und sich täglich bei uns mehren.
  Tausend Schädel, die wir sehn,
  Solten auf dem Schenktisch stehn.

An das Meer.

Du heiliges und weites Meer,
Wie ist dein Anblick mir so hehr!
Sei mir im frühen Stral gegrüßt,
Der zitternd deine Lippen küßt!

Wohl mir, daß ich, mit dir vertraut,
Viel tausendmal dich angeschaut!
Es kehrte jedesmal mein Blick
Mit innigem Gefühl zurück.

Ich lausche dir mit trunknem Ohr,
Es steigt mein Geist mit dir empor,
Und senket sich mit dir hinab
In der Natur geheimes Grab.

Wann sich zu dir die Sonne neigt,
Erröthend in dein Lager steigt,
Dann tönet deiner Wogen Klang
Der müden Erde Wiegensang.

Es lauschet dir der Abendstern,
Und winket freundlich dir von fern;
Dir lächelt Luna, wann ihr Licht
Sich millionenfältig bricht.

Oft eil' ich, aus der Haine Ruh,
Mit Wonne deinen Wogen zu,
Und senke mich hinab in dich,
Und kühle, labe, stärke mich.

Der Geist des Herrn den Dichter zeugt,
Die Erde mütterlich ihn säugt,
Auf deiner Wogen blauem Schooß
Wiegt seine Phantasei sich groß.

Stolb.   O

Der blinde Sänger stand am Meer;
Die Wogen rauschten um ihn her,
Und Riesenthaten goldner Zeit
Umrauschten ihn im Feierkleid.

Es kam zu ihm auf Schwanenschwung
Melodisch die Begeisterung,
Und Ilias und Odüssee
Entstiegen mit Gesang der See.

Hätt' er gesehn, wär um ihn her
Verschwunden Himmel, Erd' und Meer;
Sie sangen vor des Blinden Blick
Den Himmel, Erd' und Meer zurück.

Theokrits achte Idylle.

Daphnis, Menalkas und der Ziegenhirt.

Einst im Gebirge begegneten sich, so sagen die
Hirten,
Daphnis weidend die Heerde der Kühe, der
Schafe Menalkas,
Beide mit goldenen Locken, und beid' in der Blüte
der Jugend;
Beide des Hirtengesanges erfahren, beide der
Flöte.
Als er Daphnis erblickte, begann zuförderst Me-
nalkas;

Menalkas.

Daphnis, Hirt der brüllenden Kühe, wollen
wir singen?
Dich besieg' ich, das mein' ich, im Singen, nach
eignem Behagen.
Daphnis erwiederte schnell, der schöne Daphnis,
und sagte:

Daphnis.

Schäfer der wolligen Heerd', o Flötenspieler
Menalkas,
Nimmer besiegest du mich, und wenn du erstick-
test im Singen.

Menalkas.

Willst du, daß wir uns prüfen und sezen die Preise
der Wette?

Daphnis.

Gut! wir wollen uns prüfen und sezen die Preise der Wette.

Menalkas.

Aber was sezen wir, sprich, das würdig unserer
wäre?

Daphnis.

Ich eine Starke, du sezest ein Lamm, so groß
wie die Mutter.

Menalkas.

Nein! ich seze, wahrlich, kein Lamm! der Vater
ist strenge,
Strenge die Mutter, sie zählen, und jeglichen
Abend, die Heerde.

Daphnis.

Aber, was sezen wir denn? was sei die Beute
des Siegers?

Menalkas.

Ich eine schöne, sie macht' ich mir selbst, neun-
stimmige Flöte;

Weisses Wachs verkleibet die Oefnung unten und
oben;
Diese sez' ich zum Preis, und nicht die Habe des
Vaters.

Daphnis.

Auch ich hab' eine Flöte, Menalkas, mit neun
Stimmen;
Weisses Wachs verkleibet die Oefnung unten und
oben;
Jüngst vereint' ich die Fugen der Glieder; noch
schmerzet der Finger,
Dieser Finger, welchen das Rohr, sich spaltend,
verlezte.
Aber wer soll entscheiden, und wer die Singen=
den hören?

Menalkas.

Jenen Hirten der Ziegen, o Daphnis, laß ihn
uns rufen,
Dessen weißlicher Hund dort bellt bei den hüpfen=
den Kizlein.

Und es riefen die Knaben, es kam sie zu hören
der Hirte;

Und es sangen die Knaben, entscheiden wolte der
Hirte.

Erst begann, so fiel ihm das Loos, der Sänger
Menalkas,

Dann erwiederte Daphnis im Wechselgesange der
Hirten,

Singend ein ländliches Lied.   Nun scholl die
Stimme Menalkas:

Menalkas.

Thäler und Ströme, Göttergeschlecht! wenn je-
mal Menalkas,

Flötenkundig, ein Lied sang, ein liebliches
Lied;

O so weidet nach ihrem Gelüsten die Lämmlein,
und treibet

Daphnis die Kälber herzu, find' er die Fülle,
wie ich!

Daphnis.

Quellen und Kräuter, süsse Gewächse! wenn
ähnlich dem Liede,

Welches die Nachtigal singt, tönet Daphnis
Gesang;
Meine Farren, o mästet sie mir! und führet
Menalkas
Seine Lämmer euch zu, lach' ihm die üp=
pige Flur!

Menalkas.

Alles ist Lenz, und alles ist Trift! Es schwellen
die Euter,
Alle schwellen von Milch, welche die Säug=
linge nährt.
Da, wo die schöne Phillis erscheint, und wo sie
verschwindet,
Ach! da schmachten alsbald Schäfer und
Pflanze zugleich.

Daphnis.

Zwillinge säugen die Schaf' und die Ziegen, es
füllen die Bienen
Honig in Körben, es träuft Honig die Ei=
chen herab,

Da, wo wandelt die schöne Likoris; wenn sie
entweichet,
Ach, dann schwinden hinweg, Hirt und Rin-
der hinweg!
Gatte der weißen Ziegen, o Geisbock! hin zu des
Waldes
Dichtem Schatten! und ihr Kizlein, erei-
let den Quell!
Dort ist meine Likoris! ach eilt und sagt ihr:
Die Göttin
Habe den Hirten geliebt! Venus Adonis
geliebt!

Menalkas.

Pelops Reiche begehr' ich nicht, und nicht Ata-
lanta's
Goldnen Apfel, und nicht Winde verhöhen-
den Lauf;
Aber singend, am Fuße des Felsen, in deiner
Umarmung,
Unsre Schafe, vereint, weiden am Meere
zu sehn!

Stürme sind furchtbar den Bäumen, und Dür-
  ren furchtbar den Saaten,
Schlingen dem Vogel, und dir Neze, du
  freies Gewild,
Zarter Mädchen Liebe dem Jüngling, o Jupiter,
  Vater!
Sage, lieb ich allein? liebst du die Mädchen
  nicht auch?

Also erscholl die Stimme der Knaben in Wechsel-
  gesängen,
Und es begann das lezte der Lieder von neuem
  Menalkas:

Menalkas.

Schone der säugenden Ziegen, o Wolf, und schone
  der Kizlein;
Ach und meiner! des kleinen Begleiters der mächtigen Heerde;
Fir! dich hält ein tödtlicher Schlaf, erwache! gefesselt,

Ziemt es dem Hunde des Hirten auf seiner Wache
zu schnarchen?
Sättiget, sonder Scham, mit zartem Gras euch,
ihr Schafe!
Sättiget, sättiget euch, wolan! und füllet die
Euter
Für das saugende Lamm und für den schäumen=
den Eimer,

Also sang er: Daphnis begann mit lieblicher
Stimme:

Gestern trieb ich die Rinder bei ihrer Grotte
vorüber;
„Schöner Daphnis!„ rief, „o Schöner!„ das
spottende Mädchen;
Doch, ich schwieg, und erwiederte nichts der
beißenden Rede,
Sondern verfolgte den Pfad mit niedergeschlage=
nen Augen.

Lieblich ist die Stimme der Ferse, lieblich ihr
Odem;
Lieblich brüllet das Kalb, und lieblich die Mutter
des Kalbes;
Lieblich ist es im Sommer zu ruhen am fliessen-
den Wasser;
Eiche, du prangst mit der Eichel! der Apfelbaum
mit dem Apfel,
Mit dem Kalbe die Kuh, mit seinen Kühen der
der Hirte.

Also sangen die Knaben; es sprach der Hirte
der Ziegen:

Süß sind deine Lippen, o Daphnis, lieblich die
Stimme;
Lieblicher ist es dich singen zu hören, als Honig
zu saugen.
Nim die Flöten, du Sieger im Liede; du hast
sie gewonnen!

Ach, und wenn du, weitend mit mir, mich leh-
ren es woltest;
Diese Ziege bekämest du dann mit verstümmelten
Hörnern,
Welche beständig bis über den Rand den Eimer
füllet.

Das erfreute den siegenden Knaben;   er
klatscht' in die Hände;
Wie zu der Mutter hüpfet das Reh, so hüpfte
der Knabe.
Jenem aber verzehrte der quälende Harm die
Seele.
Ach, er traurte! so trauert die Braut, die Neu-
vermählte.
Nun war Daphnis unter den Hirten der erste
geworden,
Und es vermählte sich früh mit der Nymphe Naïs
der Jüngling.

Theokrits neunte Idylle.

Daphnis.   **Menalkas.**   **Der Hirt.**

Der Hirt.

Singe, nach Hirtengebrauch; o Daphnis! Es töne zuförderst,
Dein Gesang ertöne zuförderst; ihm folge Menalkas!
Gebet den Kühen die Kälber, und gebet die Fer-
sen den Stieren,
Daß sie weiden zusammen, und irren im Laube
der Büsche,
Grasend um uns herum! Kom, deine ländliche Weise
Singe du hier, und es halle von dort die Stimme Menalkas.

Daphnis.

Lieblich schallet die Stimme der Kuh, und lieblich des Kalbes
Lieblich der Flöte, lieblich des Hirten, und meine lieblich!
Nah ist am klaren Bache mein Lager; da liegen verbreitet
Weisser Kühe glänzende Häute, welche mir alle
Ach die Weidenden! stürzte vom Felsengipfel der
ᵛ   Sturmwind.
Und ich achte nicht mehr den sengenden Sommer,
als achtet
Ein Verliebter die Rede des Vaters, die Rede
der Mutter.

So sang Daphnis, und also erwiederte singend
Menalkas:

Menalkas.

Aetna, meine Mutter! ich wohn' in deinen
Gewölben;
Schön ist meine Behausung, und alles, welches
in Träumen

Uns erscheinet, ist mein! so Schaf als Ziegen
die Fülle,
Deren Felle mir liegen zu Häupten, und liegen
zu Füssen!
Flammen der Eiche sieden mein Mahl; es flammen im Froste
Dürre Buchen am Heerd; ich achte so wenig
den Winter,
Als ein Zahnloser achtet die Nüsse, wenn Brey
ist vorhanden.

Der Hirt.

Diese belohnt' ich alsbald mit lautem Beifall,
und Gaben,
Einen Stab, mir erzeugt im Erbe der Väter,
an Daphnis,
Sonder Wandel gewachsen, und ungetadelt vom
Künstler;
Eine Muschel an jenen, ein köstliches Schnecken-
gehäuse,
Deren Fleisch ich gekostet, sie findend im Kiesel
des Meeres;

Fünfen spendet ich's aus.   Er blies in die tönende Muschel.

Ländliche Musen, seid mir gegrüsset! flüstert, o
Musen,

Mir das Lied, das ich jüngst den Hirten sang;
auf der Weide,

Dichtet' und sang es ich selber den Hirten! oder
es sprosse

Mir an der Zungen Spize, die Lüge zu strafen,
ein Bläschen!

Hold ist die Grille der Grill', und hold die Biene der Biene,

Hold der Sperber dem Sperber; und mir der
Gesang und die Muse.

Daß sie mir immer die Hütte besuchten! denn es
ist süsser

Nicht der erwachende Lenz, und der Schlummer,
süsser der Biene

Nicht die Blüthen, als theuer die Musen mir!
Denen sie Freuden

Lächelnd blicken, die trozen dem Zauberbecher der
Circe.

Stolb.   P

Die Meere.

———

Du schmeichelſt mein Ohr,
Ich kenne dein Rauſchen,
Deiner Wogen Sirenengeſang!
Oſtſee, du nahmſt mich
Oft mit ſchmeichelnden Armen
In den kühlenden Schooß!

Du biſt ſchön!
Nymphe, ſchön!
Vertraute des waldigen Ufers,
Oft entſchlüpfet der Weſt den Wipfeln des Hains,
Und ſchwebet über dir hin mit gleitendem Flug!

Du bist schön!
Nymphe, schön!
Aber die Göttin
Schöner als du!
Lauter, als du,
Donnert die Nordsee;
Steigend erhebt sich und weiß und Gestaderschüt-
ternd ihr Fuß!

Stärker und freier, als du,
Tanzet sie eignen Tanz,
Lauschet nicht dienstbar der Stimme
Herschender Winde;
Steiget und sinkt,
Wann, mit Wolken umschleiert,
In geheimer Halle schlummert des Sturmes
Haupt!

Ich sah die Kiele
Blizgewafneter Schiffe

Eilen über ihr hin,
Wann die Flagge sank,
Und der züngelnde Wimpel sank
Und das Säuseln in Hellebeks Buchen schwieg.

Wie nennet dich mein Gesang!
Nordmeer, Weltmeer, Göttin, Unend-
liche,
Erdumgürtende, Wiege der Allerleuchtenden
Sonne, des Himmelwandelnden
Mondes und zahlloser
Sterne, die in melodischem
Tanze sich spiegeln, wann steiget die Well' und
hinab sich senkt.

Auf deinen Wassern
Schwebete Gottes Geist,
Als noch die Erde
Lag in trauernder Stille,
Mutterfreuden kante noch nicht!
Ueber dir wehet,

Hehr und geheimnißvoll,

Flutend und ebbend,

Sichtbar noch des Allmächtigen Hauch!

Auf hoher Entzückung

Steigendem Flügel

Flog dir entgegen mein Geist!

Göttin, ich flehte:

Nim mich, o Göttin,

Nim mich in deinen mächtigen Schooß!

Aber du eiltest

Stolz mir und donnernd vorbei!

Da spant' ich die Flügel

Des Wogendurchwallers,

Und schwebte zum ferneren Ufer hin.

Du donnertest lauter

Am Felsengestade;

Ich eilte hinan

Das Felsengestade,

Und eilte hinab;

Da faßt' ich dich, Göttin,

Mit nervigem Arm

In der Felsenhalle!
Ueber mir hiengen
Dräuende Gipfel;
Strudelnde Fluten
Drängten durch Klüfte der Felfen fich durch!

Und wohl mir ward
In der Göttin Schooß,
An der Unfterblichen
Wallendem Bufen!

Heil dir, Heil,
Göttin, und Dank
Für den feligen Genuß
In der Felfenhalle!

Die späten Herbstblumen.

Liebliche Blümchen, die am kalten Busen
    Noch das sterbende Jahr mit Liebe hegte,
        Die Novembers rauschender, starrer Fittig
        Schonend vorbeiflog;

Seid mir gesegnet, Blümchen! Ich verstehe
    Euren winkenden Wunsch; ich will euch pflü=
            cken!
        An der Unschuld klopfenden Herzen, Blüm=
            chen,
        Solt ihr verblühen!

Duftet indessen süß, und lispelt freundlich
    Diesen klopfenden Herzen sanfter Unschuld,
        Daß der Freundschaft zärtliche Hand euch heute
        Sorgsam gepflückt hat!

An den Verfasser von Stillings Jugend.

Dem Büchlein dein bin ich gar hold;
Ist's doch so rein, wie lauter Gold,
Voll Unschuld, liebevoll und wahr,
Und wie der Morgenthau so klar,

Der an dem jungen Blümchen bebt,
Das junge Blümchen neu belebt;
Im Tröpflein schimmert hell und mild
Der Morgensonne Flammenbild.

So spiegelt auch dein Büchlein klein
Der hohen Weisheit Himmelschein,
Und tränket freundlich unser Herz
Mit ernster Freud' und süssem Schmerz.

Ich lebte gern im stillen Thal
Mit deinen Menschen allzumal;
Ich sänge Wald und Strom und Au,
Und nähm ein Dortchen mir zur Frau.

Dein frommer weiser Nikolas
Sah nicht durch ein getrübtes Glas,
Wie mancher Pfaff, den Sonnenschein
Erhellt mit der Laterne sein.

Der Einfalt und der Liebe Sinn
Sei unser Kleinod und Gewinn!
Sie reichen uns den Wanderstab,
Und führen lächelnd uns ins Grab.

Orpheus und Eurydice.

Virg. Georg. IV. 464—572.

Orpheus tröstete mit der gewölbten Leier sein
Sehnen,
Dich, du süsses Weib! dich sang er am einsamen
Ufer,
Dich mit dem kommenden, dich mit dem nieder-
sinkenden Tage!
Durch die Tänarischen Schlünde, durch die Pfor-
ten des Pluton,

Ipse cava solans aegrum testudine amorem,
Te, dulcis conjux, te solo in littore secum,
Te, veniente die, te decedente canebat!
Taenarias etiam fauces, alta ostia Ditis,

Durch den düstern Hain, den schwarzes Grauen
umhüllet,

Ging er, hin zu den Manen, hin zum schrecklichen
König,

Herzen nimmer vordem durch menschliche Bitten
erweichet.

Sieh, es erregte sein Lied des Erebus nich-
tige Schatten,

Daß sich von ihren Sizen die dunkeln Gestalten
erhuben,

Zahllos, wie der Vögel Tausende, welche der
Abend,

Et caligantem nigrâ formidine lucum
Ingreſſus, Manesque adiit, Regemque tremen-
dum,

Neſciaque humanis precibus manſueſcere corda.

At cantu commotae Erebi de ſedibus imis
Umbrae ibant tenues, ſimulacraque luce caren-
tum,

Quam multa in foliis avium ſe millia condunt,

Oder ein Ungewitter, von Bergen in Büsche
verscheuchet.

Weiber und Männer erschienen, und abgeschie-
dene Leichen

Edler Helden, noch unverlobter Jungfraun und
Knaben,

Und der Jünglinge, die dereinst vor den Augen
der Eltern

Auf dem Scheiterhaufen die Flamme hatte ver-
zehret,

Welche nun alle schwarzer Schlamm und scheus-
liches Schilfrohr

Und der menschenfeindliche träge Pful des Ko-
cythus

Vesper, ubi aut hibernus agit de montibus im-
ber;

Matres atque viri, defunctaque corpora vitâ

Magnanimûm heroum, pueri, innuptaeque
puellae,

Impositique rogis juvenes ante ora parentum;

Quos circum limus niger et deformis arundo

Cocyti, tardâque palus inamabilis undâ

Einschleußt, und der Styx neunmal umherge=
gossen.

Ja, es staunte selber die Burg, es staunten
des Todes
Tiefste Schatten, die Schlangenumwandenen
Eumeniden,
Cerbers drei zum Bellen geöfnete Rachen ver=
stumten,
Und Irions Rad blieb stehn bei seinem Gesange.

Siehe, schon ging zurück, den Gefahren entron=
nen, schon nahte

Alligat, et novies styx interfusa coërcet.

Quin ipsae stupuere domus, atque intima
Lethi
Tartara, caeruleosque implexae crinibus angues
Eumenides, tenuitque inhians tria Cerberus ora,
Atque Ixionii cantu rota constitit orbis.

Iamque pedem referens casus evaserat
omnes,

Eurydice, wiedergeschenkt den oberen Lüften,

Orpheus folgend, so hatte Proserpina selber ge-
boten,

Als unachtsame Thorheit ergriff den liebenden
Jüngling,

Zwar so leicht zu verzeihn, wofern die Manen
verziehen!

Stehen blieb er, nun schon dem Lichte näher,
und wandte,

Ach! uneingedenk des Befehls und liebebe-
zwungen,

Sich nach seiner Geliebten um — des harten
Tirannen

Redditaque Eurydice superas veniebat ad auras,

Pone sequens, namque hanc dederat Proserpina
legem,

Quum subita incautum dementia cepit aman-
tem,

Ignoscenda quidem, scirent si ignoscere manes.

Restitit, Eurydicenque suam, jam luce sub ipsa,

Immemor, heu, victusque animi respexit — ibi
omnis

Effusus labor, atque immitis rupta tyranni

Bündniß war gebrochen, und Orpheus Mühe
verschüttet!

Dreimal ward ein Getöse gehört im Avernischen
Sumpfe.

Ach, rief sie, durch wen, mein Orpheus! sind
wir verloren?

Wessen Wut ergreift mich! es ruft das grausame
Schicksal

Mich zurück, und Schlummer umhüllt die
schwimmenden Augen!

Lebe wohl! schon werd' ich, in Nacht verhüllet,
ergriffen,

Meine schwachen Hände, nicht mehr die Deine!
dir reichend.

Foedera, terque fragor stagnis auditus avernis.

Illa, quis et me, inquit, miseram, et te per-
didit, Orpheu?

Quis tantus furor? en iterum crudelia retro

Fata vocant, conditque natantia lumina somnus!

Iamque vale! feror ingenti circumdata nocte,

Invalidasque tibi tendens, heu, non tua! palmas.

Sprach's, und verschwand, wie ein nichtiger
Rauch in die Lüfte sich mischet,
Seinen Augen, und sah ihn nicht mehr; vergebens
umarmt er
Leere Schatten; er wolte noch viel, und konte
nicht reden;
Wieder den Pful zu durchschiffen verbot der Fähr=
mann des Orkus.

Ach, was solt' er thun? zum zweiten mal war
sie entrissen!
Welche Thränen konten die Manen und Götter
erweichen?
Sieh, erkaltet schiffte sie schon im stygischen Nachen!

Dixit; et ex oculis subito, ceu fumus in auras
Commistus tenues, fugit diversa, neque illum
Prensantem nequidquam umbras, et multa volen-
tem
Dicere, praeterea vidit, nec portitor Orci
Amplius objectam passus transire paludem.
Quid faceret? quo se, rapta bis conjuge, ferret?
Quo fletu manes, qua Numina voce moveret?
Illa quidem Stygia nabat jam frigida cymba.

Sieben nach einander gereihte Monden durch=
weint' er
Unter einem Felsen, an Strymons ödem Ge=
wässer;
Sein Gesang erscholl in Schauerbringenden
Hallen,
Daß er zähmte den Tiger, und ihm die Eiche
sich neigte!

Wie im Pappelschatten die klagende Philo=
mele
Ihre verlornen Kinder beweint, die ein grausa=
mer Landmann
Sah' und federlos entriß dem Neste, die Mutter

Septem illum totos perhibent ex ordine menses
Rupe sub aëria deserti ad Strymonis undam
Flevisse, et gelidis haec evolvisse sub antris
Mulcentem tigres, et agentem carmine quercus.

Qualis populca moerens Philomela sub umbra,
Amissos queritur foetus, quos durus arator
Observans nido implumes detraxit, at illa

Stolb.   Ω

Der wahre Traum.

Eine Ballade.

Wundersam, durch Dunkelheiten,
Geht, allheilige Natur,
Deines Zaubertrittes Spur;
Ahndend folgen, die Geweihten;
Aber sieh, es irren, gleiten
Klüglinge, die selbst sich leiten,
Die des Dünkels Irrwischschein
Zieht in Sumpf und Pful hinein.

Wohl mir, Göttin, daß zu deiner
Hochbeglückten Jünger Schaar,
Als die Mutter mich gebar,
Du mich lasest, von gemeiner
Bahn mich führtest, zu geheimer
Weisheit Pfad, wo heller, reiner
Jeder Wahrheit Urborn quillt,
Und des Forschers Schmachten stillt.

Bald, als Feuersäul', erhebet
    Sich dein Haupt gen Himmel; wir,
    Voll Begeist'rung, folgen dir
In die Himmel, neu belebet:
Bald, als Wolkensäul', umschwebet
Heilig Dunkel uns; dann bebet
    Ahndungsschauer, der uns mild
    Lockt in Edens Duftgefild.

Oft, um mütterlich zu walten,
    Lehr' und Warnung zu verleihn,
    Wenn Gefährlichkeiten dräun,
Mut und Glaub' in uns erkalten,
Bei der Rechten uns zu halten,
Hüllst du dich in Traumgestalten,
    Lispelst, in des Schlummers Ruh,
    Offenbarungen uns zu.

So noch gestern. —— Freunde, hören
   Sollt ihr staunend, was geschah,
   Welches Traumgesicht ich sah;
Eu'r Vertrauen zu vermehren,
Soll euch dieser Handschlag schwören,
Daß ich euch nicht will bethören,
   Wahrlich dieser Traum nicht sei
   Ein Gespinst der Phantasei.

Als ich sanft und schlummernd ruhte,
   Alles Kummers unbewußt,
   Wol auf meines Weibes Brust,
Horcht, da kam mit hohem Mute,
Wie entsproßt aus edlem Blute,
Zu der Eich', an der ich ruhte,
   Schön gewappnet, angethan
   Nach der Ritter Brauch, ein Mann;

Reichte traulich mir die Rechte,
    Traulich schlug ich drein, alsdann
    Seine Red' er so begann:
„Müssig ruhst du hier? Ich dächte,
Lieber, kämst mit mir; ich möchte
Wetten schier, wohin ich brächte
    Dich, da soltest du gestehn,
    Daß du nie so was gesehn."

Sonder Säumen thät ich wallen
    Mit dem Ritter, der mich bald,
    Wo am dunkelsten der Wald
Schattete, bald, nach Gefallen,
Leitete durch Felsenhallen,
Bald durch Trümmer wild verfallen,
    Dann der schroffen Kluft entlang,
    Dann bedroht vom Klippenhang.

Endlich langten wir zur Stelle,

    Zu des Ritters Fehdeschloß,

    Das ein Zwinger rund umschloß;

Brücken, Warten, Zinnen, Wälle,

Pforten, Stein so Pfost' als Schwelle,

Sicherten für Ueberfälle

    Diese Burg; als wir davor,

    Schloß von selbst sich auf das Thor.

Aus dem Thore schlich zur Linken,

    Unterirdisch, wüst' und bang,

    Ein gewölbter Niedergang;

Unterm Fuß, so thät's mir dünken,

Sah ich Leichensteine blinken;

Aengstlich folgt' ich, sahe sinken

    Eine Fallthür; Leichenduft

    Athmete die grause Gruft.

Särge standen hier die Fülle.
　　Einer schön von Marmelstein
　　Hatt' ein eigen Kämmerlein.
„Hier in dieses Grabes Stille,„
Sprach der Ritter, „ist mein Wille,
Daß du sehest, Freund, die Hülle
　　Des Gebeins, einst weich und warm,
　　Ach! des Weibs in meinem Arm!„ —

Auf des Todtenmahles Mitte
　　War, von Silber, glatt und schön,
　　Ein gediegner Kelch zu sehn.
„Sage, Ritter, sag', ich bitte,„ — —
Zürnend blickt' er, winkt' und litte
Nicht zu enden, stieg drei Tritte,
　　Gab den Kelch mir, sah mich an:
　　„Zittre nicht! Du bist ein Mann!„

Kaum hatt' er den Kelch gegeben,
    Als es in dem Wunderding
    Brausend an zu gähren fing
Und mit Macht herauszustreben,
Gleich als ob der Traube Leben
Perlte drinnen;   sich erheben
    Thät alsbald der weiße Schaum
    Höher denn des Kelches Saum.

Aus dem Schaumgesprudel stiegen
    Holder Blümlein drei heraus,
    Wanden sich in einen Strauß;
Schaum und Gährung sanken, schwiegen.
Schwebend sich im Kelche wiegen
Sah' ich Ros' und Veilchen, schmiegen
    Sich um beide, unschuldweiß,
    Das geliebte Kind des Mais.

Hold und lieblich duftend, blühten
    Meine Blümlein; plözlich gohr
    Schaumgezisch im Kelch empor;
Sausend stieg's, verschlang mit Wüten
Meine Blümlein; drauf versprühten
Gischt und Blasen, ängstlich mühten,
    Ach! nicht lieblich, wie zuvor,
    Meine Blümlein sich hervor.

Aschenfarb und welk, verblichen
    Jede Schöne, süsser Duft
    Nun verkehrt in Grabesluft!
Todesschweiß und Schauer schlichen,
Ob dem bangen, fürchterlichen
Anblick, über mich; entwichen
    Wär ich schier. Der Rittersmann
    Sah's und hub zu reden an:

„Einst hatt' ich ein Weib! Besingen
    Thät kein Dichter je ein Weib,
    Schön, wie sie, an Seel und Leib;
Keinem Maler (hundert gingen
Stolz zum Werke!) thät's gelingen,
Sie auf Leinewand zu bringen;
    Sie nur malte fein und glatt
    Einst sich auf ein Rosenblat.

Einst hatt' ich ein Weib!„ (Es bebten,
    Als er's seufzte, perlenklar,
    Thränen an der Wimper Haar.)
„Lieb' und Gegenliebe lebten
In uns; Ruh und Wonn' umschwebten
Uns, und Heiterkeit; die webten
    In des Lebens Ungemach
    Süsse Freuden, Nacht und Tag

Dennoch, ach! — der Weiber Herzen
         Sind ein Räzel allzumal! —
         Fand sie Freude manchesmal,
Ihren trauten Mann zu schmerzen,
Kalt zu küssen, kalt zu herzen,
Und der Liebe sein zu scherzen.
         Meiner Liebe! warm und treu,
         Immer alt und immer neu!„

Immer thät das Wunder währen
         In dem Kelch; es saußte, stieg,
         Blühte, welkte, braußte, schwieg.
„Was dies Sträuslein sei, dies Gähren,
Sollst du,„ sprach er, „staunend hören.
Dieser Kelch faßt meine Zähren,
         Die der Liebe Freudendrang,
         Und auch Gram, vom Auge zwang!„ —

Da erwacht' ich bebend.   Sehen
    Thät ich, statt des Traumes Bild,
    Nur mein Weiblein süß und mild.
Ihres Odems leises Wehen,
Ihres Busens sanftes Blähen
Hieß mein Beben schnell vergehen.
    Deine Warnung, Nachtgesicht,
    Dank der Liebe! schreckt mich nicht!

Hymne,
an die Sonne.

Sonne, dir jauchzet, bei deinem Erwachen,
der Erdkreis entgegen,
Dir das Wogengeräusch des Erdumgürtenden
Meeres!
Fliehend rollet der Wagen der Nacht, in nichti=
ge Wolken
Eingehüllt, und schwindet hinab in die schauern=
de Tiefe.
Segnend stralst du herauf, und bräutlich kränzet
die Erde
Dir die flammenden Schläfen mit thauendem Pur=
purgewölke.

Alles freuet sich dein! in schimmernde Feierge-
    wande
Kleidest du den Himmel, die Erd' und die Flu-
    ten des Meeres!

Siehe, du leitest am rosigen Gängelban-
    de den jungen
Freundlichen Tag; er hüllt sich in deine Saff-
    rangewande,
Aber, wie wachsen so schnell die Kräfte des
    himlischen Jünglings!
Feuriger blickt er, er greift nach deinem stralen-
    den Köcher,
Und schon schnellt er vom goldenen Bogen flam-
    mende Pfeile!
Zürne, Himlischer, nicht! und soll dein Bogen
    ertönen,
O, so richte dein furchtbar Geschoß auf des
    Ozeans Fluten,
Auf der schneeigen Alpen herunter schmelzende
    Gipfel,

Und auf sandige Wüsten, die Löwen und Tiger
durchirren!

Zürne, Himlischer nicht! Dir flehen der Vögel
Gesänge;

Dir der säuselnde Wald; und dir die duftende
Blume.

Wollest nicht des wehenden Zephyrs Flügel ver-
sengen!

Wollest nicht austrinken das Labsal kühlender
Quellen!

Wollest vom zarten Gräschen den krümmenden
Tropfen nicht nehmen!

Sonne, lächle der Erd', und geuß aus stra-
lender Urne

Leben auf die Natur! Du hast die Fülle des
Lebens!

Schöpfest, näher dem Himmel, aus himlischen
Quellen, und dürstest

Selber nimmer! Als Gott, mit seiner Allmacht
umgürtet,

Wie mit gürtendem Schlauch ein Sämann, Sonnen dahinwarf,

Stolb.   R

Millionen auf einmal, jede mit Erden umkränzet,

Rief er, Sonnen, euch zu: verbreitet Leben und Wärme

Auf die dürftigen Erden! Erbarmt euch der Dürstenden, daß ich

Mich am großen Abend des Himmels euer erbarme!

Also rief er. Gedenke deß, o Stralende! Früher,

Oder später komt der große Abend des Himmels,

Da ihr alle, zahlloses Heer von mächtigen Sonnen,

Werdet, wie Mücken am Sommerabend in Teiche sich stürzen,

Mit erbleichenden Stralen herunterfallen vom Himmel!

Euer harren Gottes Gerichte! Gottes Erbarmung!

Wähne nicht zu vergehn! Der große Geber des Lebens

Wird gefallne Mücken, gefallne Sonnen, in neues

Leben rufen! Wie du auf schwärmende Mücken herabschaust,

Schaut er ewig herab auf alle kreisende Himmel!

———————

An F. L. Grafen zu Stolberg,

von Schönborn.

Der himlische Adler, der Genius heisset,
Weht aus einander mit tönenden Flügeln
Vor mir die Gewölke, die liegen um den Hinblick
In die heiligen Fernen dort! Siehe, hebt auf

Sein hellwerdendes Haupt aus der herabströ-
            menden Dämmerung,
Seinem Geliebten entgegen!
Hin in die Myriaden Tage!
Der Vergangenheit und der Zukunft Tage!

Die, zusammengebunden im goldnen Aether-
            bande,
Glänzend kommen und stürmend ihm vor das Antliz,
Wie der Sternenleib der himlischen Jungfrau
In der Sonnenbahn, wo er wandelt!

„Ha, an mein Herz sei gedrückt!„ ruft er aus,
Und brauset auf sein duftend Gefieder,
Wie ein blühender Fruchtgarten im Frühlings-
                                        winde!
„An mein Herz, Geliebter du!

Ja du bist es, an Gothlands Ufern dort!
Siehst, wie der Frühling den warmen Rosenleib
Ins schmelzende Meer legt!
Wie er losschleußt die Bäche,

Die vom Schlummer im welkenden Schilf
Aufheben ihr triefendes Haupt,
Und forttragen zwischen grünenden Ufern
Auf ihren Schultern die zerbrochnen Glieder

Der Felsenketten, mit denen der Winter sie
                                    anschloß!
Siehe! in diesen aufgrünenden Fluren da!
Unter den werdenden Knospen des Haines dort!
Und der Gebüsche hier! wandelst im aufwachen-
                                    den Weltleben,

In singenden Stauden und tönendem Him-
mel du!
Trinkst frischen Rosenäther
Aus der Morgenröthe Purpurbrunnen!
Trinkst aus jeder Blum' im Thal,

Aus jeder Knosp' am sprossenden Haupte des
Hains,
Heiligen Nektar des Gesangs!
Und drückst, wie eine Braut, die holde Natur
Mit Entzücken ans Herz!

Fleugst auf aus ihrem Wonneschooß!
Und o! wie tönt dir der Flügelschlag, indem du
daherschwebst!
Und mit dir des Mäoniden göttliches Heldenlied
Zu Thuiskons horchenden Enkeln!„

Der Gesang.

An Schönborn.

Wie dem erwachenden Jünglinge schnell im
bräutlichen Bette
Seine gaukelnden Träum' auf nichtigen Flügeln
entschwinden;
Sonst umirrten sie, langsam schwebend, weilend
im Fluge,
Noch sein Haupt, wenn schon der Rosenwang-
gen Stunde,
Und dem erbleichenden Stern der Liebe sein Auge
sich aufschloß;
Nun verschwinden sie schnell; denn neben sich
sieht der Beglückte,

Sein sanftathmendes Weib, in schlummernden
Reizen der Jugend,
Lieblich wie den thauenden Abend im blumigen
Thale.
Ach! sie erwacht! und öfnet liebeschmachtende
Augen,
Wonnetrunken begrüßt sie der Blick des feurigen
Jünglings,
Wie den erröthenden Mond die flammende Son=
ne begrüßet!
Wie dem Jünglinge dann die Traumgestalten
entflattern,
So enteilen auch mir die bunten Träume des
Tages,
Und wie Zephyr der hangenden Spinne Gewebe
zerwehet,
So entschwindet auch mir das Gewebe geschäfti=
ger Stunden,
Wenn der Entzückung Sohn, der Gesang, in
goldenen Locken,
Tönend, von Harmonien umsäuselt, melodisch
einherschwebt!

Und oft schwebt er vom Himmel herab! den
nahenden fühl' ich,

Meine Seel' erhebet sich dann in steigender Wallung,

Wie das Meer sich erhebt in der Kühle des purpurnen Abends.

Neue Bilder schweben um ihn und junge Gedanken,

Wie mit zahllosen Blumen der Lenz die Erde
besuchet,

Und mit tausend Sängern des Hains in blühenden Stauden!

Hohe Gedanken schweben um ihn, wie rund um
den Himmel

Flammende Sonnen mit grüngelockten Erden
umkränzet,

Und mit Silberwangigen Monden! Mondscheins
ähnlich

Leuchtet er manchmal sanft und entlocket zärtliche
Thränen;

Und dann eilt er mit Flammen umgürtet, gleich
dem Kometen,

Wann er von Himmel zu Himmel im feurigen
Wagen daherrollt!

Sei mir gegrüſſet, Geſang! ſo oft du vom
hohen Olympos

Zu mir kömſt! willkommen in jeder wechſelnden
Schönheit!

Wenn du auf leiſe bebenden Wallungen ſanfter
Gedanken

Meine gleitende Seel' in vertrauten Strömen
einherführſt,

Wo mir Freuden blühen am Uſer, und Ruhe
mir ſchattet,

Oder, wenn du, mächtig mich führend, in ſtür=
mender Eile,

Ueber Meere ſtarker Gefühle, ſonder Geſtade,

Meinen ſtaunenden Geiſt den kreiſenden Strudeln
entreiſſeſt,

Izt mit flammenden Blizen die überhangende
Dräuung

Nächtlicher Wogen, und izt des Abgrunds Tie=
fen erhellend,

Sei mir immer gegrüßt mit überwallender Seele,

Heil dir, Göttlicher, Heil! Dir dank' ich die
beſſern Minuten,

Wenn mein ewiger Geist, in seinen Kräften sich
wiegend,

Schaffend winket, und schnell die neuen Schöp=
fungen tönen!

Heil dir, Göttlicher, Heil! Du führtest stra=
lenden Fluges,

Und auf Silbertönenden Schwanenflügeln, die
Seele

Meines trauten Schönborn zu mir von der hor=
chenden Themse!

Heil dir, Göttlicher, Heil! Du führest, stra=
lenden Fluges,

Und auf Silbertönenden Schwanenflügeln, die
Seele

Seines trauten Stolberg zu ihm vom Gestade
des Nordmeers!

————————

Hymne,
an die Erde.

Erde, du Mutter zahlloser Kinder, Mutter
und Amme!

Sei mir gegrüßt! sei mir gesegnet im Feierge=
sange!

Sieh, o Mutter, hier lieg' ich an deinen schwel=
lenden Brüsten,

Lieg', o Grüngelockte, von deinem wallenden
Haupthaar

Sanft umsäuselt, und sanft gekühlt von thauen=
den Lüften!

Ach, du säuselst Wonne mir zu, und thauest mir
Wehmut

In das Herz, daß Wehmut und Wonn', aus
schmelzender Seele,

Sich in Thränen und Dank und heiligen Liedern
ergiessen!

Erde, du Mutter zahlloser Kinder, Mutter
und Amme!

Schwester der allfreuenden Sonne, des freundlichen Mondes,

Und der stralenden Stern' und der flammenden
schweiften Kometen,

Eine der jüngsten Töchter der allgebärenden
Schöpfung,

Immer blühendes Weib des Segen träufelnden
Himmels! ——

Sprich, o Erde, wie war dir, als du am ersten der Tage

Deinen heiligen Schooß dem bulenden Himmel
enthülltest?

Dein Erröthen war die erste der Morgenröthen,

Als er, im blendenden Bette von weichen schwellenden Wolken,

Deine gürtende Binde mit siegender Stärke dir
löste!

Schauer durchbebten die stille Natur, und tausend
mal tausend

Leben keimten empor aus der mächtigen Liebes-
umarmung.

Freudig begrüßten die Fluten des Meeres neuer
Bewohner

Mannigfaltige Schaaren; es staunte der wer-
dende Wallfisch

Ueber die steigenden Ströme, die seiner Nase
entbraußten;

Junges Leben durchbrüllte die Auen, die Wälder,
die Berge,

Irrte blöckend im Thal, und sang in blühenden
Stauden,

Wiegte sich spiegelnd am Quell, auf wankenden
Blümchen, und girrte

Auf den Gipfeln der Ulme, die liebende Reben
umschlangen;

Denn der edle Wiehrer nicht nur und der mächtige Löwe,

Nicht nur die Vögel des Hains, und summende
goldene Fliegen,

Tranken aus der Quelle des Lebens; Libanons
Zedern

Tranken auch; es tranken die Haine, die Blumen und Gräschen,

Jedes nach seinem Maaße, vom Lebentrunkne=
ren Menschen

Bis zum Gräschen im Thal und bebenden Spröß=
ling des Berges.

Alle sterben und werden geführt von Stufe zu
Stufe,

Durch unendliche Reihen bestimter Aeonen, sie
schleichen

Oder sie fliegen, von Kraft zu Kraft! von Schö=
ne zu Schöne!

Erde, dich liebt die Sonne, dich lieben die
heiligen Sterne;

Dich der himmelwandelnde Mond! So bald
du vom Schlummer

Dich erhebst, und Thau aus duftenden Locken
dir träufelt,

Sendet die Sonne dir Purpur und Gold und
glänzenden Safran,

Daß du bräutlich geschmückt erscheinst im Mor=
gengewande.

O wie schimmerst du dann im rosigen Schleier! mit tausend

Jungen Blumen umkränzt, von silbernen Tropfen umträufelt,

Und mit glänzender Binde des blauen Meeres umgürtet!

Aber, wenn dein Haupt zum süssen Schlummer sich neiget,

Und in schattender Halle die Nacht die Glieder dir kühlet,

Siehe, dann lächelt der Mond, von seinem einsamen Pfade,

Sanfte Freuden dir zu, gesäugt am Busen der Stille,

Und dann singen die Sterne dir zu. In heiliger Stunde

Hört' ich gestern ihr Lied im Wehen wölbender Buchen,

Einigen deiner Kinder, o Mutter! will ich erzählen,

Was im goldnen Reihentanze die Sterne dir sangen;

Also sangen sie, lauscht ihr Lieblingskinder der Mutter!

„Schlumre sanft, o Schwester, im kühlen
duftenden Bette!

Schlumre, Geliebte, sanft, auf daß du rosig erwa-
chest!

Wilde Stürme müssen dir nicht die Locken zerwehen,

Müssen deine Ströme nicht über die Ufer em-
pören,

Nicht den Wiegengesang des rauschenden Meeres
verstimmen!

Hekla müsse dich nicht, dich müsse der Aetna nicht
wecken,

Ruhen müsse der Bliz in schwarzen Gürteln der
Alpen,

Keine Wolke verbergen vor uns dein liebliches
Antliz,

Müsse dir keine den Blick des freundlichen Mondes umschleiern!

Leichtes Fusses müssen vorbei die Stunden dir
tanzen,

Bis mit rosigem Finger die Morgenröthe dich
wecket.

Deine Kinder müssen dich nicht im Schlummer
bekümmern,

Denn sie schlummern mit dir. Die wenigen,
 welche der Kummer

Von der Ruhe Lager verscheuchte, tröstet mit milden

Blicken der sanfte Mond, der mit den Weinenden
 weinet,

Sich mit Freuenden freut, und liebend Lieben=
 den lächelt!

Deine Kinder, welche das Meer auf Schiffen um=
 tanzen,

Wollen wir während der Nacht am stralenden
 Gängelband leiten,

Daß die Gleitenden nicht ein kreisender Strudel
 erhasche!

Daß kein tückischer Fels die eilenden Kiele verleze!

Schlumre sanft, o Schwester, im kühlen duf=
 tenden Bette!

Schlumre, Geliebte, sanft, auf daß du rosig er=
 wachest!„

Also sangen die Stern' und schimmerten freund=
 lich; die Lüfte

Bebten, wie mitertönende Saiten der ruhenden
 Leier,

Wenn ein preisendes Chor den gewölbten Tempel
 durchhallet!

Stolb. S

Erde, wie bist du schön, mit Gottes Strö=
men gewässert!

Wer vermag sie zu singen? Die Zwillingshel=
den, den Ganges

Und den Indus? Wer die rauschenden Waſſer
des Euphrats?

Wer den segnenden Nil, der aus ungesehener
Urne

Seine schwellende Fluten durch sieben Mündun=
gen ausströmt?

Wer die herschende Tiber? Den heldenberühm=
ten Eurotas,

Welcher früh die nervige Jugend Lakoniens stälte?

Ach, wer bringt mich hinüber auf Adlers Flügeln,
zu deinen

Rollenden Meeren, du mächtigster Orellana!*)
du Riese

Unter den Flüssen! dir staunen die heiligen Flu=
ten des Weltmeers,

Wenn du, stark wie ein Gott, in den Ozean dich
ergießest!

*) Orellana, der Amazonenfluß.

Aber vor allen seid mir gegrüßt im feiern-
den Liede,
Vaterländische Ströme!   Du edle Donau! dem
Morgen
Strömst du erröthend entgegen, und grüssest die
kommende Sonne,
Wenn sie flammend ihr Haupt aus purpurnen
Wogen erhebet.
Wankende Saaten umrauschen dich jährlich, und
freudiges Landvolk
Tanzet, mit blauen Blumen umwunden, an dei-
nem Gestade,
Wenn der Abend auf dir mit falben Fittigen ru-
het,
Und die glänzenden Sicheln dem winkenden Abend-
stern weichen!

Dir gebührt ein eigner Gesang, o Rhein-
strom! vor allen
Flüssen Deutschlands bist du mir werth!   Dich
sah ich als Knabe,

Wo, mit umwölkter Hand, die Natur, am gän-
gelnden Bande,

Ueber Nebel und stürmenden Winden und zücken-
den Blizen,

Deinen wankenden Tritt auf zackiger Felsenbahn
leitet!

Mutiger rauschet der Jüngling einher, und seiner
Umarmung

Stürzet die brünstige Reuß mit schäumenden
Wogen entgegen;

Züchtig folgt ihm die Aar in langsam schlängeln-
der Krümmung.

O wie stürzt er donnernd herab beim hallenden
Laufen!

Unter dir beben die Felsen; die grünlichen Wogen
verhüllen

Sich in glänzenden Schaum; der staunende Wan-
ler vernimt nicht

Seiner eignen Bewundrung Geschrei, und heilige Schauer

Fassen ihn, wie sie die Felsen und zitternden Eichen ergreifen.

Ernst, mit männlicher Kraft, theilst du die Kost‐
nizer Fluten,

Eilest Städten vorbei, und trägst auf mächtigem
Rücken

Schwimmenden Reichthum, schüzest die Grenzen
des heiligen Reiches,

Und beschenkst die Ufer mit hangenden 'goldenen
Trauben!

O wie glänzet die Freud' in Hochheims Bechern!
sie wandelt

Sich zum Lied' im Munde des Dichters! brin‐
get mir, Freunde,

Schnell des goldenen Weins, auf daß ich würdig
euch singe,

Wie die Nymphe des Mains den göttlichen Bu‐
len umarmet!

Siehe, sie fleußt ihm entgegen in sanfter Wal‐
lung, und bringt ihm

Edle Geschenke, den Reichthum der fruchtbaren
Fränkischen Fluren,

Bringt ihm silberne Tropfen des allbezähmenden
Steinweins,

Den an Würzburgs Felsen die heissere Sonne ge-
reift hat.

Solche Gaben bringt ihm die Nymphe mit be-
bender Liebe;

Aber er faßt sie mit mächtigem Arm, und führt
sie hinunter,

Durch kristallne Hallen, in seine stille Behausung;

Glänzender rollen die feiernden Wogen; die schönen Gestade

Hallen weit umher, vom Brautgesange der Fluten!

Erde, wie bist du schön, mit wechselnden Bergen und Thälern,

Mit sanftrieselnden Quellen geschmückt und ruhenden Seen,

Mit gethürmten Gebirgen, wo überhangenden
Felsen

Hohe Tannen entwachsen und Ströme reissend
entstürzen,

Mit geweihten Einsiedleien, wo, unter dem
Schatten

Freundlicher Buchen und dichtrischer Eichen, die
hohe Begeistrung
Schwebet und weht im Säuseln und Brausen des
heiligen Haines,
Oder im Wogengeräusch des Geisterhebenden
Weltmeers!
Sanfte Ruhe wandelt in deinen friedsamen Tha-
len;
Steile Gebirge sind reich an kühnen Thaten und
Freiheit.
Sie, des Weisen Wunsch, der Spott des klü-
gelnden Sklaven,
Wählte die schneeigen Alpen, um Mut und Ein-
falt zu segnen.

Heiliges Land, dich grüß' ich aus überwallender Fülle
Meines schwellenden Herzens! Wie ward mir
auf deinen Gebirgen,
Wie in deinen Thalen so wohl! Ach werd' ich
dich nimmer
Wiedersehn? nicht mehr in deinen Seen mich baden?

Noch im schmelzenden Schnee an der Wiege mäch-
                                    tiger Flüsse?

Gotthard, seh ich nimmer dich wieder? Dein fel-
                                    siger Rücken

Trieft von hundert Strömen, die deiner Scheitel
                                    entstürzen;

Auf dir hauset Entsezen und Graun in Wolken
                                    gehüllet,

Deine Pfade besucht der bleiche starrende Schwindel!

Sanfter bist du, Natur, in Seelands blühen-
                                    den Fluren,

Goldne Saaten krönen das Haupt des lächelnden
                                    Eilands,

Seeland, ich liebe dich auch! in deiner Wälder
                                    Umschattung

Wohnet freundliche Ruh; sie wohnt in grünenden
                                    Auen,

Und in spiegelnden Seen von hangenden Buchen
                                    umkränzet,

Dich umfleußt das heilige Meer, und waldige Hügel
Drängen kühn sich hervor von schäumenden Wo-
                                    gen umrauschet!

Zahllos sind, o Erd', und edel deine Geschenke!

Deinen Kindern geben sie Kraft und Nahrung und
Freude!

Lächelnd blüht die Verheissung des jungen Jahres
am Zweige,

Und der sinkende Ast erfüllt sie mit schwellenden
Früchten.

Siehe, bald lockt mich am Gipfel des Baums
die glänzende Kirsche,

Und bald ladet mich ein die Labsal duftende Erdbeer.

O, wie schmückt der Sommer dein Haupt mit
farbigen Blumen,

Deren Balsam die Luft mir mit leisen Fittigen
zuweht!

Gleich der Erdbeer, verbirgt sich bescheiden das
Veilchen; ein sanftes

Mädchen suchet es auf und wiegt es am wallenden Busen.

O, wer nennet sie alle, die duftenden, farbigen
Freuden,

Die dem gewässerten Thal' und umwölkten Ber=
gen entblühen?

Sprich, Natur, wo tauchtest du ein den schaffen=
den Pinsel,

Als du den Teppich der Alpen mit Enzianen be=
maltest,

Deren glänzendes Haupt mit dem Blau des Him=
mels sich kleidet?

Wen entzückt nicht die Lilie? o wie selig verweil
ich

Unter den lieblichen Schaaren der tausendfaltigen
Nelken!

Stehe, dort koset mit mir das duftende hangen=
de Geißblat,

Und es winket mir hier die kaum geöfnete Rose!

Rose, wer dich nicht liebt, dem ward im Leibe
der Mutter

Schon sein Urtheil gesprochen, der sanftesten Freu=
den zu mangeln!

Ihn wird Philomelens Gesang zur Quelle nicht
locken,

Ihn kein liebender Blick des süssen Mädchens
entzücken!

Rose, dein Leben ist kurz! Ach, klagt im weinenden Liede,
Mädchen, klaget den Tod der schnell verblühen-
den Rose!

Sieh, ich hoff' es zu dem, aus dessen seg-
nendem Fußtritt
Sonnenstralen und Rosen blühn: erlöschenden
Sonnen
Und hinwelkenden Rosen verleiht er ewige Ju-
gend,
Wenn dereinst die Ströme des Lebens dem him-
lischen Urborn
Werden entfliessen, in Flüss' und Bäch' und Quel-
len vertheilet,
Und die ganze Schöpfung, verklärt, Ein Himmel,
ihm lächelt!

Erde, harre ruhig der Stunde des besseren
Lebens!
Saml' indessen in deinem Schoosse die harren-
den Kinder!

Siehe, noch werden dich oft die wechselnden
Stunden umtanzen,
Dich mit blendendem Schnee und blühendem Gra=
se noch kleiden!
Nimmer wirst du veralten! Im lächelnden Rei=
ze der Jugend
Werden plözlich erbleichen die Sonnen, die Mon=
de, die Erden;
Wenn die Sichel der Zeit in der Rechten des Ewi=
gen schimmern
Und hinsinken wird, in Einem rauschenden Schwun=
ge,
Diese Garbe der Schöpfungen Gottes, die Wöl=
bung des Himmels
Den wir sehn, mit tausend mal tausend leuchten=
ßen Sternen!

Vor dem Schlummer.

Träufle mir, süßer Schlummer, in des Lebens
Blüte himlisches Thaues helle Tropfen!
Wehet, Lüfte tagender Ahndung, wehet
Freundlich und leise,

Bis mir, im Stralenglanz, der Zukunft Sonne
Meine wogenden Seelenfluten röthe;
Und die leichten, fliegenden Traumgewölke
Male mit Purpur!

Elegie an meinen Bruder
den 15. Okt. 1778.

Freudiger würde mein Geist, in treuer, süsser
Umarmung,
Bester, eilen zu dir, wie zur Quelle das Reh,
Würde, bebend und sprachlos, von meiner Lippe
zur deinen,
Bester, eilen zu dir, auf geflügeltem Kuß.
Zärtlicher bebte der Freundschaft Bund auf Je=
nathans Lippe
Nicht, im heimlichen Thal, wo er dem Lie=
benden schwur;
Zärtlicher zitterte nicht an Benjamins Auge die
Thräne,
Als sein Joseph ihm lag an der klopfenden
Brust!
Aber, trennen uns nicht die ausgedehnten Ge=
filde?
Trennen Fluten uns nicht, rauschend im herbst=
lichen Sturm?

Sich, ich eile zu dir auf tönenden Flügeln des
Liedes,

An dem Tage, der dich deinen Liebenden gab;

Dich dem zärtlichen Vater, der Freude weinenden Mutter,

Deinen Schwestern und mir, deiner Luise
dich gab!

Zwar es wiegte mich da auf ihrem blumigen
Schoosse

Mutter Erde noch nicht, Sonnen stralten mir
nicht,

Als in den jauchzenden Hallen des frohen Hauses
die Stimme

Scholl: „ein Knäblein ist da! freut euch!
ein Knäblein ist da!„

Als der beste der Väter dich, glühend im heissen
Gebete,

Hub zum Himmel empor, mit froh bebendem
Arm,

Als in lächelnder Ohnmacht, schon sinkend, die
Mutter dich ansah,

Und erwachend dich fand an der wallenden
Brust.

Als, schon zärtlich, die lallende Schwester, mit
hüpfenden Füssen

Dein sich freute, schon da in die Arme dich schloß!
Oft mit kindisch sorgsamer Hand die wankende
Wiege

Faßte, und von dir summende Fliegen vertrieb!
Später ward ich, und später die jüngern Schwestern geboren,

Und wir wuchsen empor freudig, wie Stauden
am Bach,

Kanten früh die süßesten Freuden des Lebens, und
pflückten

Jeden kleinen Genuß, der sich im Schatten
verbirgt.

Ungesondert lebt' ich mit dir die Tage der Jugend;
Wenn ein Morgen uns schied, schied uns der
Abend nicht mehr.

Wie, aus Einem Born, von Einem Schatten
gekühlet,

Zwillingsströme sich hell stürzen vom Felsen
herab,

Mit vereinter Kraft bald Tannen wälzen und Felsen;
Bald mit spiegelnder Flut schlängeln im ruhi-
gen Thal;

Also flossen auch uns vereint der Kindheit und Jugend

Tage; jegliche Lust theilten wir, jeglichen
Schmerz!

Jeden werdenden Wunsch, und jede heimliche Sorge,

Jedes Sehnen, das kein Flügel der Hofnung
noch hub,

Jeden ahndenden Trieb, eh Selbstbewußtsein ihn
wiegte,

Fühlten beide zugleich in der innersten Brust!

Ach, nun sind wir getrent! Zwar bringt der Frühling dich wieder;

Aber im sausigen Baum rauschet noch herbst-
liches Laub,

Wankend schüttelt ihr Haupt mit falben Locken die
Esche,

Halb entkleidet vom Sturm, zittert erröthend
der Hain.

Eile, rollende Zeit, die Bahn des Jahres hinunter!

Steige, rollende Zeit, mit dem Frühling empor!

Stolb.   T

Frühling, säusle mir nicht im zarten Laube der
Buchen,

Ehe du bringest zurück meinen Geliebten zu
mir!

Ehe die liebenden Schwestern mit ihm, und sein
Luise

Kommen zur Schwester zurück! kommen zum
Bruder zurück!

Siehe, schon wünschen euch her die rosigen Neffen
und Nichten,

Wenn ihr süsses Geschwäz Freuden der Zukunft
entlockt!

Eile, Winter, vorbei auf Schwanenflügeln des
Schnees,

Komme, blumiger Lenz, säusle die Lieben zurück!

•

Der Siebente November.

An meinen Bruder.

Auf! mit des Adlers Schwingen, fleuch,
Hin zu ihm, mein Gesang, und mit dir
    Mein frolockender Morgengruß!
Hin zu ihm, der mir ist,
Was kein Sterblicher je Sterblichen war!

Röthliche Schimmer erwachen schon;
Sie verkündigen den Tag,
    Ach! den entzückenden,
Der dich, Lieber, ins Leben rief!
Seht, wie er pranget im herbstlichen Schmuck!
Feiernd naht er, und stolz, umtanzt
Von der Stunden Reigen, und begrüßt
Von der Sonne, dem Mond und dem weilenden
    Stern!

Eile, der du mir schwebst
Auf der lechzenden Lippe,
Bruderkuß!
Schnell gleit' auf dem ersten Stral,
Feuervoll, und erquickend, wie er,
Hin zu ihm, der mir ist,
Was kein Sterblicher je Sterblichen war!

Lagre behend auf seine Lippe dich,
Scheuche nicht den Morgentraum,
Der mit duftenden Kränzen,
Der mit windenden Epheuranken
Fesselt den Schlummernden!
Träufle deinen Honig, und laß das Bild,
Ach! mein Bild!
Vor seiner ahndenden
Seele schweben, und mit ihm
Schmachtende Sehnsucht, ach! nach mir!

Dann erweck ihn ungestüm, mit dem Fittigschlag
　　Der Lieb, und ruf' es laut
　　Mit Flammenwort ihm zu:
　　　　Daß er mir sei,
　　Was kein Sterblicher je Sterblichen war!

Mein Bruder!　Siehe, wie sie bebt
　　Der Freude Zähre,
　　Daß Du's bist, und daß Du
　　Mehr denn Bruder und Freund,
　　　　Daß du bist
　　Meines Herzens Vertrautester!

　　Sage, keimte dir je,
　　Sproßte mir je ein Gedank,
　　　　Dessen Hülle nicht Du
　　　　　Hobest, nicht ich?

Wie, durch der heiligen Natur
Tief verborgne Wunderkraft,
Der unberührten Leier Saite bebt,
Wenn des Sängers Stimme den Ton
Der Bebenden hallt;
O! so stimte Mutter Natur
Unsrer Zwillingsseelen
Immer tönende Harmonie!
Tönend, wenn das Feuerblut
Lodert in der Jünglinge Brust,
Tönend, wenn der Rührung Zähre sanft
Ueber die blässere Wange rinnt.

Ach! Du, der du mir bist,
Was kein Sterblicher je Sterblichen war!
An der Begeistrung und der Muse Hand,
Deiner Vertrauten, zu denen du sprichst:
„Du bist meine Schwester! und du
Bist meine Braut!„ —
Oft besucht ihr in stiller Nacht
Du, den Bruder, und du,

In der einsamen Halle,
Deinen Wonneberauschten,
Deinen Buhlen, o Göttliche! —
Ha! ich kenne sie auch!
Schwester, und Braut!
An ihrer Hand
Schweb' ich zu dir,
Ueber Länder und Meere, zu dir!
Schütte dir aus
Mein überströmendes Herz.

Bruder! uns ist gefallen das Loos
Lieblich, unser Erb' ist schön!

Ach! aber warum träuft
In des Jubels Becher die Thräne?
Ach! warum sind wir getrent?
Heute getrent?

Wie nach dem Thau das Sommergefild,
Wie die Sonne lechzet nach des Meeres Schoos,
Wie der Weinstock nach der beschattenden
     Ulme strebet;
O! so streb' ich, so lechz' ich nach dir,
     Der du mir bist,
Was kein Sterblicher je Sterblichen war!

Kehre wieder, du der Freude Tag,
Segenschwanger, und triefend
     Deine Tritte von Milch,
     Von Honig,
Und von der Rebe Blut!

Immer kom, die Schläfe bekränzt
     Mit herbstlichem Schmuck!
Ach bald nahet auch uns
     Unser Herbst!

Auch er komme, die Schläfe bekränzt
   Mit herbstlichem Schmuck!
Und mit Früchten, o! mit Früchten,
   Mit unvergänglichen
     Reich beschwert!
Nimmer find' uns dann, schöner Tag,
   Wie heute getrent!

O! Erfüllung, Erfüllung,
Des sehnlichsten Wunsches Erfüllung!
   Hell blickt mein Aug
In der Zukunft Fern', es späht
Goldne Tag' am Ende der Bahn!

Endlich komt der Winter einher,
   Ein sanfter freundlicher Greis,
Beut uns beiden die Hand, und führt,
   O der Wonn'! uns ungetrent
Dorthin, wo, unter Lebensbäumen,
   Wo, in Lauben der Himlischen,

Ach! unter eurem Fruchtbelasteten,
Ruhe gewährenden
Feigenbaume,
Dorthin, ach! wo, unter eurem
Freud' und Schatten
Bietenden Weinstock,
Bester Vater! und du,
Die mich gebar, die mich säugte,
Beste Mutter!
Wechsellos blühet
Ewiger Lenz.

Die Feier der Erde.

Alles unter dem Monde,
Unter der Himmelwandelnden
Sonne, kennet und kante
Alles die Muse;
Unter den Tiefen der Erde
Schwebet ihr Fittig,
Und willkommen ist die kühne Fremdling auch oft
Unter den Reigen der Himlischen.

Dennoch erscheinet sie
Oft dem sterblichen Dichter;

Eilet dem rufenden
Zürnend vorbei,
Aber besuchet,
Ungerufen und lächelnd,
Oft im bebenden Mondenschein,
Oft auf glühendem Sonnenstral,
Deine ruhenden Säuglinge,
Mutter Natur!

Staunend sah ich und froh,
Wogenumdonnertes Hellebeck,
Wie der Winter und der Sommer zugleich
Schmückten dein rauschendes Haupt.

Staunend und froh
Weilten vorüberwallende
Geister, die aus Orions
Fluren zu den Inseln der Pleias
Schwebten, und erkanten kaum
Der Erde Antliz, das sie oft schon sahn,

Forschten nach des rollenden
Jahres Alter, denn sie sahn
Auf der grauen schneeigen Scheitel,
Goldene, säuselnde Locken des Hains!

Mir vertraute, sie vertraute mir,
Die kundige Muse
Das Geheimniß der Natur!

Es feiert die Erde
Heute den Tag ihrer Geburt,
Den sie nach tausend
Rollenden Jahren
Immer feiert!

Denn an diesem Tage
Stieg sie zuerst,
Aus der heimlichen Halle der alten Nacht,
An der stralenden Hand des ersten der Morgen,
Lächelnd und erröthend, den Himmel hinan!

Es feiert die Erde
Diesen Tag!
Sie berief zur Feier
Die Söhne des Jahrs!

Es erhub sich im nordischen Thal
Der Winter nach kurzem Schlaf;
Schüttelte sein Haupt, da ward bedeckt
Der Boden mit Schnee;
Gieng mit eilendem Riesenschritt,
Sezte den starrenden Stralenfuß
Auf die thürmenden Gipfel
Des hohen Schwedischen Felsengebirgs;
Schritt über's Meer,
Trat auf's Gestade,
Wo sein Bruder, der Herbst,
Waltete im falben Hain,
Wo sein Bruder, der Sommer,
Weilte in der Eiche grünem Laub.

Es schmückten die Brüder mit vereinter Hand
Die Feier der Erde;
Zartes Eis bedeckte die Fläche
Schimmernder Landseen,
Und es kräuselte sich auf ihm der Buche goldnes
Haar!
Spiegelten sich in ihm
Ellern, noch bekleidet mit des Frühlings Schmuck,
Und rothe,
Nickende Beeren;
Duftender Feldrosen
Jüngere Schwestern,
Glänzten vom Reife durch den grünen Busch.

Aus brausenden Tiefen
Erhub sein Haupt
Das heilige Nordmeer,
Staunend über Seelands neuen Schmuck;
Aber zagend wich
Zurück vom Gestade die Ostsee,
Fürchtend, daß schon izt
Würde binden der Winter

Mit kristallner Fessel ihren blauen Arm,
Würde stürmend zerschellen
Schiffe, die sich ihr
Vertrauten, und zahllos
Ihre weissen Flügel öfneten dem Hauch des Windes.

Neuen Mut
Gab ihr die steigende Sonne,
Deren goldener Stral
Träufeln ließ, wie Thau,
Von grünen Tichen den geschmolznen Schnee
In der wankenden Blume glänzenden Kelch!

Freudig sangen und feirten Vögel des Hains,
Freudig singet und feiert mein Gesang,
Den ich früh der heiligen Natur
Weihte, die Leier und Gesang mir gab!

Morgenlied eines Jünglings.

Wann Aurora früh mich grüßt,
Mich mit Rosenlippen küßt,
  Scheuchet oft ihr Stralensaum,
  Von des Bettes weichem Pflaum,
  Einen kleinen süssen Traum.

Find' ich dann mein Bettchen leer,
Ach! dann wird mein Herz so schwer,
  Und ich gäb' Aurorens Gruß,
  Gäbe jeglichen Genuß
  Gern für eines Weibchens Kuß.

Abendlied eines Mädchens.

Wann des Abends Rosenflügel
Kühlend, über Thal und Hügel,
　　Ueber Wald und Wiese, schwebt;
Wann der Thau die Bäume tränket,
Sich in bunte Blumen senket,
　　Und an jungen Aehren bebt;

Wann im Schalle heller Glocken
Heimwärts sich die Schafe locken,
　　Und im Gehn das Lämchen saugt;
Wann das Geißblatt süße Düfte
In dem Wehen leiser Lüfte
　　Labend mir entgegen haucht;

Wann die schweren Kühe brüllen,
Gern die blanken Eimer füllen,
  Und die Dirne melkend singt,
Dann, auf ihrem bunten Kranze,
Leicht, als schwebte sie im Tanze,
  Süße Milch nach Hause bringt;

Wann die Erlen duftend säuseln;
Wann die Mücken Teiche kräuseln;
  Wann der Frosch sich, quackend, bläht;
Wann der Fisch im Wasser hüpfet,
Aus der kalten Tiefe schlüpfet,
  Und der Schwan zum Neste geht;

Wann, im Nachtigallenthale,
Hesper mit verliebtem Strale
  Heimlich meine Quelle küßt;
Wann, wie eine Braut erröthend,
Luna freundlich komt, und flötend
  Philomele sie begrüßt:

Dann umschweben süße Freuden,
Hand in Hand mit stillen Leiden,
   Meinen Geist;. mein Auge weint.
Wann die Thrän' in Luna's Schimmer
Gebet, weis ich selbst nicht immer,
   Was die stille Thräne meint.

Manche nannt' ich Freudenthränen,
Die vielleicht geheimes Sehnen
   Dem getäuschten Auge stahl;
Mancher leise Wunsch entbebte
Seufzend meiner Brust, und schwebte
   Ungesehn im Mondenstral.

Ich beschwör' euch, Abendlüfte!
Ich beschwör' euch, kühle Düfte!
   Hesper! Luna! Nachtigall!
Sagt, beschleichet dieses Sehnen
Mich allein mit solchen Thränen
   Im geheimen Mondenstral?

Nachruf des Jünglings.

Mädchen, frage nicht die Lüfte,
Nicht die kühlen Abenddüfte!
    Hesper, Luna, Nachtigall
Fühlen nicht dein leises Sehnen,
Können deuten keine Thränen
    Im geheimen Mondenstral.

Ich nur kan's! ich kan's, du Süsse!
Mädchen, eil' in meine Küsse!
    Sauge Lieb' um Liebe ein!
Wer da einsam will geniessen,
Wird mit bittern Thränen büssen,
    Laß mich dein auf ewig sein!

An Lyde.

Sieh mich an und lächle, Süsse!
Gieb mir deine Hand, und küsse
    Deinen Trauten! Roth und blaß
Wallet zärtliches Verlangen
Zitternd über meine Wangen,
    Und die Wimpern sind mir naß.

Meine heissen Lippen beben;
Athme, Lyde, neues Leben,

   Küsse Wonne mir hinein!
Lechzend sinken meine Augen;
Laß aus deinem Blick sie saugen

   Honig, Milch und Labewein!

Der Tod.

Täusch' ich mich selber? oder tönt mir lieblich,
Wie der Nachtigall Lied, des Todes Name?
Wird mir auch sein rauschender naher Fittig
Schwanenflug tönen?

Trank ich nicht süssen Nektar aus der Jugend
Freudeduftendem Becher, den die Freundschaft
Mir mit Blumen, den die Natur mit Blu-
men
Lächelnd umwanden?

Freunde, den trank ich, und ihr freuet mein euch!
Wenn ich leere den Kelch des Todes, wollt ihr
Dann euch nicht der höheren Freuden eures
Freundes erfreuen?

Freunde, wenn eure Thräne nur des Todes
Kelch nicht bitter, das Herz, wenn's bricht,
nicht weich macht,
Krankheit mag mit zischenden Schlangen,
Schmerz mit
Dornen ihn kränzen!

Zürnt ihr, Geliebte? Hab ich denn dem Tode,
Daß er komme, gerufen? schlingt, wie Wein=
laub,
Nicht um meiner nervigen Jugend Glieder
Sich die Gesundheit?

Dennoch, wofern ich mich nicht täusche, tönt mir,
Wie der Nachtigall Lied, des Todes Name!
Wird mir auch sein rauschender naher Fittig
Schwanenflug tönen?

An meinen Bruder.

Tönet Dir, tönt dir ohne Täuschung, lieblich
Wie der Nachtigall Lied, des Todes Name,
Und wird Dir sein rauschender naher Fittig
Schwanenflug tönen?

Blumen umkränzen, wie sie Dir nur blühen,
Deine wallenden Locken, und den Becher,
Den mit Götterwein die Natur dir immer
Schäumender aufüllt:

Blumen des Bachs, der Wiese pflückt die Freund:
schaft
Dir, den stolzeren Lorbeer dir die Muse,
Bald auch wird (schon röthelt ihr Rosen=
knöspchen!)
Liebe dich kränzen.

Aber, o wähnst du, daß der Liebe Rose,
Selbst der süßesten Liebe, wenn nun endlich,
Athemlos, mit schmachtendem, feuchtem
Auge,
Bebenden Lippen,

Die sich zu matten, halbgeküßten Küssen
Kaum zu schließen vermögen! ach! an deinem
Trunknen Busen, sie, die du liebest, die
dich
Liebet, dahin sinkt;

Wähnst du, sie dufte, diese Rose, stärker
Als das Rankengewebe, das, mit tausend
Armen, uns, und kräuselnden Sprossen,
fester
Stets uns umschlinget?

Aufgang der Sonne flammet Dir des Todes
    Fackel? Sie, die der Ranken keiner schonen
    Und austrocknen würde die Borne meines
        Lechzenden Lebens?

Daß, den du wünschest, ich nicht fürchte, weißt du!
    Kanntest lange den Durst in meinem Herzen,
    Heldentod einst in der gerechten Feldschlacht
        Blutig zu sterben!

Siehe, schon schwebt er! — Ha! ich kenne deines
    Fittigs Todesgesang! mich schreckt nicht,
        Droher,
    Deine Rechte! Trennung von meinen
        Lieben,
    Droher, die schreckt mich!

Leben, o leben will ich! wenn gleich oftmal
    Schwarze Wolken mich hüllen. Schwestern,
        Freunde,
    Leben! mein braunlockiges Weib, mein
        Bruder,
    Leben, o leben!

Aber wenn, doch der Menschheit Loos verbeut es!
Wenn zugleich dem vertrauten Häuflein winkte
Er, der Ruhegeber; ich säh' ihn, lächelnd:
„Bruder, er schreckt nicht!„

www.ingramcontent.com/pod-product-compliance
Lightning Source LLC
Chambersburg PA
CBHW020944030726
47496CB00005B/1350